CATALOGUE

DE

LIVRES RARES ET CURIEUX

principalement

SUR LES BEAUX-ARTS, LA CÉRAMIQUE
L'HISTOIRE DES PROVINCES, ETC.....
CHARTES, AUTOGRAPHES, DOCUMENTS HISTORIQUES
OUVRAGES EN NOMBRE DE M. H. BORDIER, BOIS
GRAVÉS ET CLICHÉS, ETC.

VENTE AUX ENCHÈRES PUBLIQUES

LE LUNDI 20 JUIN 1892 ET JOURS SUIVANTS

A 7 heures 1/2 du soir

A LA LIBRAIRIE A. CLAUDIN
16, RUE DAUPHINE, 16

(Première cour, au rez-de-chaussée, à droite)

Par le Ministère de M° G. BOULLAND, Commissaire-Priseur

26, Rue des Petits-Champs, 26.

On y remarque :

HORÆ. Manuscrit du XV° siècle, avec de jolies miniatures (N° 3). — COUTUMES DE SENLIS, de Clermont et du duché de Valloys. Édition en lettres gothiques. Pet. in-8, rel. en maroq. br. par Lortic (N° 38). — REICHENBACH. Icones Floræ Germanicæ. Lipsiæ, 1837-67. 22 vol. in-4, dem.-rel. (N° 53). — GAZETTE DES BEAUX-ARTS, depuis l'origine jusqu'en 1889 (N° 92). — BLONDEL. Maisons de plaisance. 1737-38. 2 vol. in-4 (N° 101). — VIOLET-LEDUC. Dictionnaire d'architecture. 1854-68. 10 vol. in-8 (N° 103). — RACINET. L'ornement polychrome (N° 105). — DELANGE. Faïences d'Henri II. In-fol. (N. 143). — VIOLET LE DUC. Dictionnaire du Mobilier. 6 vol. in-8 (N° 155). — JUBINAL. Anciennes tapisseries historiées. Gr. in-fol. Exemplaire colorié (N° 156). — BIBLIOPHILES NORMANDS. Collection des publications de la Société (N° 253). — GUIZOT. Collection des Mémoires sur l'histoire de France. 31 vol. (N° 278). — DOM CALMET. Histoire de Lorraine. 3 vol. in-fol. maroq. rouge. *Exemplaire de dédicace aux armes du duc de Lorraine* (N° 387). — WAILLY. Éléments de Paléographie. 2 vol. in-4, reliés par Lortic (N° 438). — TABLETTES DE CIRE. 3 plaques en ivoire du XIV° siècle (N° 441). Etc.. etc.....

PARIS

A. CLAUDIN, LIBRAIRE-EXPERT ET PALÉOGRAPHE
16, rue Dauphine (près le Pont-Neuf).

M.D.CCC.XCII

CATALOGUE

DE

LIVRES RARES ET CURIEUX

CATALOGUE

DE

LIVRES RARES ET CURIEUX

principalement

SUR LES BEAUX-ARTS, LA CÉRAMIQUE
L'HISTOIRE DES PROVINCES, ETC.....
CHARTES, AUTOGRAPHES, DOCUMENTS HISTORIQUES
OUVRAGES EN NOMBRE DE M. H. BORDIER, BOIS
GRAVÉS ET CLICHÉS, ETC.

VENTE AUX ENCHÈRES PUBLIQUES

LE LUNDI 20 JUIN 1892 ET JOURS SUIVANTS

A 7 heures 1/2 du soir

A LA LIBRAIRIE A. CLAUDIN

16, RUE DAUPHINE, 16

(Première cour. au rez-de-chaussée, à droite)

Par le Ministère de M⁰ G. BOULLAND, Commissaire-Priseur

26, Rue des Petits-Champs, 26.

PARIS

A. CLAUDIN, LIBRAIRE-EXPERT ET PALÉOGRAPHE

16, rue Dauphine (près le Pont-Neuf).

M.D.CCC.XCII

CATALOGUE

DE

LIVRES RARES

ET CURIEUX

THÉOLOGIE

1. — Biblia sacra vulgatæ editionis. *Colon. Agripp.*, 1630, pet. in-8, front. gravé, v.

> Jolie édition imprimée en caractères minuscules, connue sous le nom de *Bible des Evêques*.

2. — Histoire de l'anc. et du nouv. Testament et des Juifs, par le P. D. Aug. Calmet. *Paris*, 1737, 4 vol. in-4, vign. gr. par Scotin, cartes et pl., v. m.

3. — HORÆ. Très pet. in-8, carré, v.

> JOLI MANUSCRIT DU XVᵉ SIÈCLE SUR VELIN, décoré de bordures de fleurs et de fruits à chaque feuillet et de lettres ornées en or et en couleurs. On y trouve SEPT MINIATURES occupant deux tiers de page et VINGT-QUATRE MINIATURES plus petites au bas de chaque page du calendrier, représentant les signes et les occupations de chaque mois. Ces miniatures sont très fines. Nous signalons surtout celle qui se trouve en regard du folio numéroté 136 et qui est un petit chef-d'œuvre de dessin et de fraîcheur de coloris ; les figures sont d'une remarquable finesse d'expression. Ce manuscrit se compose de 24 ff. pour le calendrier qui est écrit en encres de couleurs bleue, rouge et or, et de 267 ff. par les Heures proprement dites. Le 1ᵉʳ feuillet manque. Il a été remplacé à une époque déjà ancienne au XVIIᵉ ou XVIIIᵉ siècle, par un feuillet blanc de vélin pour indiquer la lacune.

4. — Diurnal parisien gravé et notté à l'usage de Paris. *Paris, Th. de Hansy, s. d. (XVIIᵉ siècle)*, in-12, v. ant. — Heures, prières et offices à l'usage et dévotion particulièrement des demoiselles de

la maison royale de Saint-Louis à Saint-Cyr. *Paris, Hérissant*, 1769, in-12, front. gr., v. m.

Le *Diurnal* est entièrement gravé avec de jolies vignettes.

5. — Manuale Lexoviense. *Lexoviis*, 1742, in-8, v. m. — Processionale Lexoviense. *Lexoviis*, 1778, in-8, v. m.

6. — Missale ecclesiæ Laudunensis, eminentiss. ac reverendiss. cardinal. de Rochechouart, episcopi Laudunensis, auctoritate editum. *Lauduni*, 1773, in-fol., beau front. de Monnet, gr. par Tilliard, cart., non rogné.

7. — Office du Bon Pasteur, à l'usage des religieuses hospitalières de N. Dame du Refuge. *Nancy. H. Hœner*, 1786, in-4, v. br.

Livre rare composé d'opuscules et de feuilles volantes contenant la liturgie usitée chez les religieuses hospitalières de Nancy.

8. — L'Année évangélique, ou homélies sur les Evangiles de tous les dimanches de l'année par Jos. Lambert, prieur de S. Martin de Palaiseau. *Paris*, 1693, 4 vol. in-12, mar. rouge, fil., tr. dor. (*Rel. ancienne*).

Bel exemplaire aux armes de PIERRE DE MONTCHAL.

9. — Mélanges liturgiques, 3 vol.

Cantiques spirituels sur des airs d'opéra, vaudevilles choisis, sur les chants d'église et des noëls anciens. — Noëls nouveaux sur les chants des noëls anciens. — Noëls nouveaux et chansons spirituelles sur divers passages de l'Ecriture Sainte. — Chansons spirituelles propres pour le temps du jubilé, par l'abbé Pellegrin, *Paris*, 1704-1706, 6 part. en 1 vol. in-8, musique notée, v. — Catéchisme en vers par d'Heauville. *Avranches*, 1771, in-18, br. — Catéchisme du diocèsede Montpellier. *Paris*, 1736, in-24, v.

10. — Mélanges théologiques, 3 vol. rel.

Le livre de l'internelle consolacion, première version françoise de l'Imitation de Jésus-Christ. Nouv. édition avec introduct. et notes par L. Moland et Ch. d'Héricault. *Paris, P. Jannet*. 1856, in-16, cart. toile rouge, non rog. — Sermon de S. Thomas, archevèque de Cantourbie et primat d'Angleterre, composé par Mr Molinier, prêtre tolosain. *S. l. n. d.* (vers 1654), pet. in-12, vél. — Sermon pour l'année séculaire des Filles de l'Union chrétienne, par l'abbé de la Tour du Pin. *Paris*, 1754. — Panégyrique de St-Louis, par l'abbé Gayet de Sansale. *Paris*, 1767, 2 ouv. en 1 vol. in-8, v. m.

11. — L'Aimable Mère de Jésus ou traité conten. les divers motifs qui peuvent nous inspirer du respect, de la dévotion et de l'amour pour la tr. sainte Vierge, trad. de l'espagnol par le R. P. d'Obeilh. *Lyon*, 1688, in-12, v. — Abregé de la Cité mystique de Dieu ou de la vie de la très sainte Vierge, manifestée le siècle dernier à la sœur Marie de Jésus, abbesse du monastère d'Agreda. *Nancy*, 1727, in-8, v. — Ens. 2 vol.

12. — Pensées de Pascal publ. d'ap. le texte authentique et le seul vrai plan de l'auteur avec des notes philosoph. et théolog. et une notice biograph. par V. Rocher. *Tours. Mame*, 1873, gr. in-8, port. à l'eau-forte, demi-rel. maroq. av. coins, fil., tr. dor.

13. — Institution de la Religion chrestienne, nouvellement mise en quatre livres, etc., par J. Calvin. *Genève, T. Courteau*, 1564, in-8, beau port. gr. sur cuivre, vél.

14. — Le Voyage de Bethel où sont representez les devoirs de l'âme fidèle, en allant au Temple et en retournant, avec des prières et des meditations, etc., le tout composé par J. de Focquembergues, Mich. le Faucheur, Sam. Durant, P. du Moulin, J. Mestrezat, et Raym. Gaches, ministres du St Evangile, avec les pseaumes qui se chantent aux jours de célébration d'icelle. *Saumur, R. Pean*, 1697, pet. in-12, demi-rel. v. fauve.

> Petite déchirure à 3 feuillets.

15. — Histoire critique des Coqueluchons (par Dom J. Cajot). *Cologne (Metz, Collignon)*, 1762, pet. in-12, demi-rel. maroq. bleu avec coins, fil. (*Raparlier*).

> Petit livre curieux sur la tonsure, et les différentes manières de se vêtir des ordres monastiques.

16. — Histoire de l'élévation, des progrès, de la décadence et de la chûte des Jésuites, représentée en estampes recueillies à mesure qu'elles ont été pu-

bliées en France. *S. l. n. d.* (*XVIIIe siècle*), in-fol. couv. pap.

> Le titre que nous reproduisons ci-dessus est un titre factice d)nné à une suite d'estampes et de portraits réunis par un curieux. Ce dernier a fait suivre ce titre de la note suivante, qui résume l'œuvre et en précise l'idée : « Ce recueil, est-il dit, est un monument précieux qui conserve d'une manière instrumentale l'histoire de la Constitution *Unigenitus*, première cause de tous les maux de la Religion. Cette collection montre d'une manière palpable la politique des Jésuites qui inventèrent cette bulle comme moyen de perdre leurs ennemis..... Ce recueil renferme d'ailleurs les portraits des hommes célèbres qu'enfanta la prétendue hérésie des Jansénistes... On voit dans cette collection les anecdotes historiques et gravées en taille douce de l'élévation, de la puissance et de la chûte des Jésuites depuis le commencement de ce siècle..... On sera touché de voir en gravures les fameux restes de Port-Royal qui produisit tant de personnages illustres. On y trouve également une histoire complète du B. Paris depuis son enfance jusqu'aux miracles manifestés sur son tombeau. »

17. — Fasti Sanctorum quor. vitæ in Belgicis bibliothecis manuscriptæ, item acta præsidalia SS. Martyrum Tharaci, Probi et Andronici, collectore H. Rosweydo. *Antverpiæ, offic. Plantiniana*, 1607, in-8, vél. — Consultat. faite par un avocat du diocèse de Saintes à son curé sur la diminution du nombre des festes ordonnée dans ce diocèse par Mgr l'évêque de Saintes (par J.-B. Thiers). *Paris*, 1670, in-12, v. — Ens. 2 vol.

18. — La Vie des Saints de Bretagne et des personnes d'une éminente piété de cette province, par dom G. A. Lobineau, édition considérablement augmentée, par l'abbé Trévaux. *Paris*, 1838, 6 vol. in-8, demi-rel. chag. Laval., pl. toile.

19. — Histoire du grand martyr S. Mammès, patron de l'église de Lengres, divisée en deux livres, par un chanoine et archidiacre de la mesme eglise (Ant. Cordier). *Paris, Cramoisy*, 1650, in-8, vél.

20. — La Vie de St-Martin, évêque de Tours, avec l'histoire de la fondat. de son église, et ce qui s'y est passé de plus considérable jusqu'à présent (par l'abbé Gervaise). *Tours*, 1699, in-4, vign. v. m. —

Hist. de St-Grégoire le Grand, pape et docteur de l'Eglise, par dom Denys de Sainte-Marthe. *Rouen*, 1697, in-4, portr. et vig. v. m. — Ens. 2 vol.

21. — La Vie du grand St-Benoist, patriarche des moines de l'Occident, ses vertus, ses maximes, les excellences de sa règle, et un abbregé des grands hommes de son ordre par le P. Dom Bern. Planchette. *Paris*, 1652, in-4, port. de S. Benoit et de Ste Scholastique grav. par Corn. Galle ajoutés, v. j. (*Mouillures.*) — Apologie de la mission de S. Maur, apostre des Bénédictins en France, avec une addition touchant S. Placide, premier martyr de l'ordre de S. Benoist, par Dom Thierry Ruinart. *Paris*, 1702, in-8, front. et fig. v. j. — Ens. 2 v.

22. — La vie de S. Norbert, archev. de Magdebourg et fondat. de l'ordre des chanoines Prémontrez, avec des notes pour l'éclaircissement de son histoire et celle du douzième siècle (par le F. L. Ch. Hugo). *Luxembourg*, 1704, in-4, v.

23. — Histoire de la vie, et miracles de Sainte Marie d'Ognies escrite en latin passé 386 ans par Jacques de Vitriac et nouvellem. traduite en françois. *Louvain, Gér. du Rieu*, 1599, in-8, vél.

24. — La Vie de Sainte Thérèse écrite par elle-même, traduct. nouv. exactement conforme à l'original espagnol par l'abbé Chanut. *Paris*, 1691, in-8, portr., v. j. — La Vie de S. Jean de la Croix, carme déchaussé et coadjuteur de Sainte Thérèse dans la réforme, par le R. P. Honoré de Sainte-Marie. *Tournay, Jacq. Vincent*, 1727, pet. in-12, port. v. j. — Ens. 2 vol.

25. — La Vie du Père François de Borja, qui fut duc de Gandia, et dep. religieux, et troisiesme general de la compagnie de Jésus escrite en espagnol par le P. Pierre de Ribadeneyra et tournée en nostre langue vulgaire par le sgr de Betencourt. *Douay, Balt. Bellere*, 1603, in 8, cart. — La vie du bien-

heur. Louys de Gonzaga de la Comp. de Jésus escrite en ital. par le P. Virgilio Cepari et trad. par le P. Ant. de Balinghem. *Douay, J. Bogart*, 1608, in-8, cart. (*Légères mouillures*). — Ens. 2 vol.

26. — La Vie de M. de Renty, par le P. J. Bapt. S. Jure. *Paris*, 1652, pet. in-12, portr., maroq. noir jans. (*rel. anc.*). — Abregé de la vie de dom Jean Mabillon, prêtre et religieux bénédictin, par dom Thierry Ruinart. *Paris*, 1709, in-12, port., v. j. — Hist. de la vie et du culte de Sainte Savine. *Troyes, Garnier*, 1735, in-18, br. — Relation de la conversion de J. Thayer, autrefois ministre protestant à Boston et converti à la religion catholique. *Paris,* 1788, in-12, br. — Ens. 4 vol.

27. — La Vie de la tres-illustre et bien-heur. duchesse Françoise d'Amboise, fondatrice des anciennes religieuses Carmélites en Bretagne, par le très R. P. Fr. Léon. *Paris,* 1669, pet. in-12, port., v. j.

28. — La Vie de F. Matthieu Viste, religieux de l'observance de S. François de Toulouse, recueillie par le R. P. Fél. Cueillens. *Toulouse,* 1689, in-8, v. ant. (*piq. de ver et rel. fatig.*). — Vie de M. l'abbé de Laroque, chanoine et prévôt de l'église d'Auch et grand vicaire du diocèse, par l'abbé***. *Auch,* 1788, in-12, v. m. — Ens. 2 vol.

29. — La Vie de M. Bourdoise, premier prestre de la communauté de S. Nicolas du Chardonnet (par Phil. Descourveaux). *Paris,* 1714, in-4, port., gr. par Pittau et joli portr. vignette d'en-tête du cardinal de Noailles, v. j.

30. — La Vie du serviteur de Dieu Pierre Labelle, curé d'Arc en Barois par J. Cl. Grand. *Dijon*, 1734, pet. in-12, v. j. — Relation abrégée de la vie et de la mort de Mme Marie Elisab. Tricalet, veuve de

Mr Le Bœuf, receveur-général à Pontarlier. *Paris*, 1761, in-12, v. — Ens. 2 vol.

31. — Mélanges. — 7 vol., div. formats, rel.

Series ordinationum ex Pontificali Romano Clement VIII. *Bellovaci*, *God. Vallet*, 1632, in-24, parch — Manuductio ad cœlum auctore J. Bona. *Bruxellis, Foppens*, 1670, in-16, vél. — La République des Hébreux, par Basnage. *Amst.*, 1713, 3 vol. in-8. fig., v. (*Le bas des titres coupé*). — Coutumes générales des bailliages de Senlis, Clermont en Beauvoisis et duché de Valois. *Paris*, 1637, in-12, parch. — Douze livres de Columella des choses rusticques, trad. par Cl. Cotereau. *Paris*, 1552, in-4, vél. bl. (*Les pages 5 à 8 manquent*).

JURISPRUDENCE

32. — Alphabetum aureum utriusque juris famatissimi doctoris ac equitis aurati Domini P. Ravennatis Itali auctum et ampliatum per nobilem Joh. Thierry Lingonensem. *Lugduni, Joh. Marion*, 1517, pet. in-4, goth. à 2 col., titre rouge et noir, v. j.

Dans le même vol. : Reguerii opusculum de nonnullis juris casibus nuperrime familiariter, civiliter, practicabiliterque editis in florentissima universitate Parisiensi. *Parisiis. S. Colinæus*, 1531. in-8, *non rogné*. — Deux trous de ver à quelq. feuillets du premier ouvrage.

33. — Petit discours des parties et office d'un bon et entier juge, de l'arrest mémorable du Parlement de Tolose, conten. une histoire prodigieuse (l'histoire de Martin Guerre), avec commentaires par J. de Coras. *Lyon*, 1596, 3 part. en 1 vol. in-8, vél.— Observation de la Digamie, par Jacq. Leschassier. *Paris*, 1601, in-8, couv. en pap. (*Tache dans le bas du volume*). — Ens. 2 vol.

34. — Histoire de l'autorité paternelle en France, par M.-P. Bernard. *Montdidier*, 1864, gr in-8, br. — Les Soirées de Saint-Pétersbourg, par le comte J. de Maistre. *Paris*, 1854, 2 tom. en 1 vol. in-8. dem. rel. — Du Nirvana bouddhique, par J.-B.-F. Obry. *Paris*, 1863, in-8, br. — Ens. 3 vol.

35. — Ordonnances sur le faict de la Justice et abbre-

viation des proces du pays de Daulphiné, faictes par le Roy nostre Sire Daulphin de Viennoys, conte de Valentinoys et Dioys ; publiees en la court de Parlement à Grenoble le ix jour d'apvril lan mil cinq cens quarante. (A la fin :) *Imprimees à Lyon, lan mil cinq cens quarante deux par Den. de Harsy, pour Galliot du Pré, libraire juré de l'Université de Paris,* in-8 de 90 ff. chiffr., dérel.

Petite déchirure au bas du titre.

36. — Recueil d'arrestz notables des courtz souveraines de France, par Jeh. Papon, lieut. génér. au bailliage du Forestz. *Paris*, 1564, in-8, vél.— Sommaire des ordonnances du roy Charles IX sur les plaintes des trois Estats de son royaume, tenuz à Orléans l'an 1560, par Joach. du Chalard, de la Soûterraine en Limosin. *Rouen*, 1563, in-8, vél. — Andr. Alciati de ponderibus et mensuris. *Haganoœ*, 1530, in-8, br. (*Piqûre à qq. ff.*). — Ens. 3 vol.

37. — Anciennes coutumes. — 3 vol. rel.

Coustumes de la prevosté et vicomté de Paris, mises et rédigées par escrit par nous Christ. de Thou, premier président. *Paris*, 1651, pet. in-12, vél. à recouv. — Coustumes générales du bailliage de Meaux. *Paris*, 1658, pet. in-12, v. — Coutumes du pays et duché d'Anjou, avec notes par P. Touraille, advocat au siège présidial d'Angers. *La Flèche, G. Griveau*, 1651, pet. in-8, v., avec riches ornements dorés sur les plats, tr. dor. (*Rel. du XVII° siècle*).

38. — Les Coustumes des duchez, contez et chastellenies du bailliage de Senlis, anciens ressors et autres chastellenies particulieres et subalternes de chascune desd. duchez, contez et chastellenies, ensemble des prevostez royalles. Coustumes generalles du bailliage et conte de Clermont en Beauvoisis et de tout le ressort dicelluy. Coustumes du bailliage et duché de Valloys cest assavoir des chastellenies de Crespy, la Ferté Milon, Pierrefons, Bethisy et Verberie. *Paris, Ch. l'Angelier,*

s. d. (vers 1543), pet. in-8, gothique, mar. br., fers
XVIe s. à froid ur les plats, tr. dor. (*Lortic*).

Edition très rare de ces coutumes. — Bel exemplaire.

39. — Consuetudines Bituricenses, à Domino Nic.
Boerio præside Burdegalensi, decisæ, Aurelia-
nenses, etc., à Pyrrho Englebermeo doctore Aure-
lianensi subtilissime enucleatæ ; Turonenses, etc.,
à J. Sainson tunc præside in balliviatu Castillio-
nensi. *Parisiis, Galeotus Pratensis*, 1543, in-fol.,
vél. à recouv. — Commentarii in Consuetudines
Arverniæ editi per D. Aymonem Publitium Pede-
montanum olim Allobrogum præsidem. *Parisiis,
Arn. Angelier*, 1549, in-fol., avec entourage du titre gravé s. bois, vél. (*Mouill. et piq. de vers*). —
Ens. 2 vol.

40. — Les Coustumes et usages de la ville, taille,
banlieu et eschevinage de Lille, avec les commentaires et recueils de J. Le Boucq, Lillois. *Douay,
Baltaz. Bellère,* 1626, in-4, vél. — Coutumes de
la ville, banlieue et chef-lieu de Valenciennes. *S.
l., n. d. (X VIIIe siècle),* in-4, dem.-rel. (Extrait à
pag. continue). — Annuaire statistique du département du Nord, par S. Bottin. *Douai,* au XI, in-8,
carte, dem.-rel. — Ens. 3 vol.

41. — Procès entre les notaires de Paris et les notaires d'Orléans. *Paris,* 1787, 9 factums en 1 vol.
in-4, v. rac. (*Mouillures*). — Curiosités des anciennes justices, par Ch. Desmaze. *Paris,* 1867,
in-8, br. — Ens. 2 vol.

42. — Paris. Factums de procès plaidés devant le
Parlement de Paris à la fin du XVIIIe siècle. 17 plaq.
in-4.

SCIENCES ET ARTS

I. — PHILOSOPHIE. — MORALE. — GOUVER- NEMENT.

43. — Liber de scientia loquendi et tacendi (Albertani de Brescia). — Liber de amore et dilectione Dei et proximi quem Albertanus causidicus Brisiensis compilavit. — Sermo quem Albertanus causidicus Brisiensis de Sancta Agatha composuit et edidit Genue. — Notabile Senece de beneficiis. — In-4, cart.

MANUSCRIT DU XV⁰ SIÈCLE SUR VÉLIN, exécuté en Italie. — Bel état de conservation.

44. — Les Caractères ou les mœurs de ce siècle, par La Bruyère. *Paris*, 1845, gr. in-8, fig. sur bois, d'après David, Penguilly, etc., dem.-rel. chag. Laval.

Premier tirage avec les planches hors texte sur *papier de chine*.

45. — Philosophie et morale. — 7 vol. in-8 et in-12, br.

Traité des facultés de l'âme, par Ad. Garnier. *Paris*, 1852, 3 vol. — Morale sociale, par A. Garnier. *Paris*, 1850. — Musée moral, par Ch. S. de L. *Paris*, 1828. — OEuvres philosophiques de Nicole. *Paris*, 1845. — Logique de Port-Royal. *Paris*, 1854.

46. — De l'Intelligence, par H. Taine. *Paris*, 1870, 2 vol. in-8, br.

47. — ΒΑΣΙΛΙΚΟΝ ΔΩΡΟΝ ou présent royal de Jaques premier, roy d'Angleterre, au prince Henry son fils, contenant une instruction de bien regner, trad. de l'angl. (par Hotman). *Paris*, 1603, in-8, beau portr. gr. par Mallery, vél. à recouvrem.

II. — HISTOIRE NATURELLE. — MÉDECINE.

48. — Dictionnaire universel d'histoire naturelle, dirigé par Ch. d'Orbigny. *Paris*, 1867 et suiv., 28 vol. et atlas de 300 pl. coloriées, br.

49. — Encyclopédie d'histoire naturelle ou traité complet de cette science, par le Dr Chenu. *Paris, s. d.*, 8 vol. gr. in-8, fig., dem.-chag. vert, tr. dor.

Papillons. — Oiseaux. — Coléoptères. — Carnassiers. — Quadrumanes.

50. — Réunion de 524 figures tirées pour la plus grande partie de l'*Histoire du règne végétal,* par Buchoz, in-fol., en feuilles.

51. — Réunion de 116 planches appartenant pour la plupart à la *Collection des plantes usuelles,* gravées en couleurs par Gautier d'Agoty. In-fol., en feuilles.

52. — Suite de 79 planches coloriées par Redouté, extraites de Monographies de plantes, en 1 carton in-folio.

53. — ICONES FLORÆ GERMANICÆ et Helveticæ simul Pedemontanæ, Tirolensis, Istriacæ, Dalmaticæ, Austriacæ, Hungaricæ, Transylvanicæ, Moravicæ, Borussicæ, Holsaticæ, Belgicæ, Hollandicæ, ergo mediæ Europæ. Iconographia et supplementum ad opera Willdenovii, Schkuhrii, Persoonii, Decandollis, Gaudini, Kochii aliorumque, exhibens nuperrime detectis novitiis additis collectionem compendiosam imaginum characteristicarum omnium generum atque specierum quas in sua flora Germanica excursoria recensuit auctor Ludov. Reichenbach. *Lipsiæ*, 1837-1867, 22 vol. in-4, dem.-rel. chag. rouge, pl. toile, non rogné.

Superbe publication illustrée de 2270 planches coloriées. Le tome I est de la réimpression de 1850 et nous avons seulement les 96 premières pages du tome XXII avec 212 planches. — Bel exemplaire.

54. — Recueil de 876 planches coloriées tirées de l'*Histoire des Oiseaux,* par Martinet, en 6 cartons in-fol.

Très belle condition ; les planches sont à toutes marges et le coloris soigneusement exécuté.

55. — Histoire naturelle des Dorades de la Chine,

gravées par F.-N. Martinet. *Paris*, 1789, in-fol., cart., non rogné.

> 1 frontispice et 48 belles planches gravées en couleurs. On y a joint un beau portrait de l'empereur de Chine, Kin-Long, gravé aussi en couleurs par Martinet.

56. — De dissectione partium corporis humani libri tres, à Car. Stephano, doctore medico, editi una cum figuris, et incisionum declarationibus, à Steph. Riverio Chirurgo compositis. *Parisiis, S. Colinæus*, 1545, in-fol., dem.-rel. v., tr. dor.

> Exemplaire très grand de marges de ce livre recherché à cause des 62 remarquables gravures sur bois dont il est orné. Quatre planches portant à la fois la croix de Lorraine de Geoffroy Tory et le monogramme de Jolat sont datées de 1530, 1531 et 1532. — Mouillures peu importantes.

57. — Sever. Pinæus Carnut. de integritatis et corruptionis virginum notis, de graviditate et partu naturali muliebrum. *Lugd. Batavor.*, 1639, pet. in-12, front. gravé et fig. sur bois, vél. à recouv. — Examen de plus. préjugés abusifs concern. les femmes enceintes, celles qui sont accouchées et les enfans en bas âge, par Saucerotte. *Strasbourg*, 1777, in-12, br. — Ens. 2 vol.

58. — Recueil de remèdes spécifiques et expérimentés. In-4 de 107 p., mar. rouge, tr. dor. (*Rel. ancienne*).

> Manuscrit daté de 1632.

59. — Toutes les œuvres charitables de Philbert Guybert, docteur régent en la Fac. de médec. de Paris. *Paris*, 1660, in-8, v. — Méthode nouv. et facile de guérir la maladie vénérienne, par Clare, trad. de l'angl. (par Duplanil). *Paris*, 1785, in-8, fig., v. m. — Ens. 2 vol.

60. — Toutes les œuvres charitables de Phil. Guibert. *Rouen*, 1667, in-8, vél. — Traité des embaumemens selon les anciens et les modernes, par L. Penicher. *Paris*, 1699, pet. in-12, v. j. — Ens. 2 vol.

61. — Médecine universelle prouvée par le raisonne-

ment, démontrée par l'expérience (par Ailhaud). *Carpentras*, 1764, 11 vol. in-12, maroq. rouge, fil., dos orné, tr. dor. (*Rel. ancienne*).

Le tome V est plus court et les parties VI et VIII manquent.

62. — Des maladies mentales, par E. Esquirol. *Paris*, 1838, 2 vol. in-8 et atlas de 27 pl., br. — Gheel ou une colonie d'aliénés vivant en famille et en liberté, par J. Duval. *Paris*, 1867, in-12, br. — Journal des jeunes mères. Année 1876, in-8, fig., en livr. — Ens. 4 vol.

63. — Thermarum Aquisgranensium et Porectanarum elucidatio et thaumaturgia, opera Franc. Blondel senioris. *Aquisgrani*, 1688, pet. in-4, portr., planches et fig. gr. sur cuivre dans le texte, v. j. — Traité des eaux minérales de Chateldon, de celles de Vichy et Hauterive en Bourbonnois, par Desbrest. *Moulins*, 1778, in-12, br., non rog. — Ens. 2 vol.

III. — SCIENCES MATHÉMATIQUES. — ART MILITAIRE. — MARINE. — INDUSTRIE.

64. — Traités d'arithmétique en latin du xvie siècle. 4 vol.

Arithmetica speculativa Boetii per Jacob. Fabrum Stapulensem in compendium redacta. *Basileæ, Henricus Petri*, 1536, in-8, couv. pap. — Arithmetices praxis, ad quam veterum per multa exempla revocata explicantur. P. Beausardo, autore. *Lovanii, Bart. Gravius*, 1573, in-8, vél. — P. Rami profess. regii arithmeticæ libri duo. *Parisiis*, 1581, in-8, couv. pap. — Arithmetica integra authore Mich. Stifelio cum præfat. Ph. Melanchtonis. *Norimbergæ, J. Petreius*, 1544, in-4, vél.

65. — L'Arithmetique de Gemme Phrison, trad. en franç. par P. Forcadel de Béziers. *Paris, Hier. de Marnef*, 1585, in-8, vél.

66. — Traités d'arithmétique en français du xvie siècle. 3 vol.

L'Arithmétique de Pierre de Savonne d'Avignon, dern. et cinquiesme édit. enrichie d'une instruction et manière de trouver le compte faict du toisage de Lyon. *Lyon, hérit. de Ben. Rigaud*, 1597, 2 part. en

1 vol. in-8, vél. — L'arithmétique de J. Trenchant, départie en 3 livres. ensemble un petit discours des changes, avec l'art de calculer aux jetons, revue et augm. par l'autheur. *Lyon. J. Pillehotte,* 1602. in-8, vél. — La même, édit. de *Lyon,* 1631, in-8, vél. (*Bel exempl.*).

67. — L'Arithmétique de Sim. Stevin de Bruges, rev., corrigée et augm. de plusieurs traictez et annotations par Alb. Girard Samielois. *Leide, de l'imprim. des Elseviers,* 1625, in-8, fr. gravé et fig. sur bois, vél. de Holl.

Bel exemplaire.

68. — L'Arithmétique de Jean Coutereels d'Anvers. *Middelbourg,* 1620, in-8, port. sur le titre, vél. (*Titre remonté et premier f. manuscrit*). — Méthodiques institutions de la vraye et parfaicte arithmétique de Jacq. Chauvet, revue. corrigée et amplifiée par P. Taillefer. *Rouen,* 1645, in-8, dem.-rel. — La Science des nombres, par P. Mallet. *Paris, chez l'autheur,* 1651, pet. in-12, vél. — Ens. 3 vol.

69. — Traités d'arithmétique du XVIIe siècle. 4 vol.

Arithmétique au miroir par laq. on peut en quatre vaccations de demie heure chacune pratiquer les plus belles regles d'icelle, mise en lumière par Alexandre Jean. S. l. (*Paris*), 1649. in-8, texte gravé, vél. — Le livre nécessaire à toute sorte de conditions, inventé de nouveau pour tirer d'un coup les interests, etc., par Barreme. *Paris.* 1671, in-12, front. gravé, v. j., fil. — Le même, édit. de 1685, in-12, v. — Le livre facile pour apprendre l'arithmétique de soy-mesme et sans maistre. *Paris,* 1685, in-12, front. gravé, v. jasp. — L'arithmétique familière, conten. toutes les règles d'icelle par le moyen des tables proportionnelles, avec un traité de l'arpentage et du toisé des bastimens (par de la Fontaine). *Paris,* 1671, in-12, fig., v. j.

70. — Abbrégé de l'arithmétique cavalière, composé en faveur de la compagnie des gentils-hommes de la citadelle de Besançon, par Leonard May. *Besançon, L. Rigoine,* 1684, in-12, vél.

71. — Arithmétique, calculs divers. 4 vol.

Nouv. arithmétique d'une méthode très facile par ses abregez et par la suppression des parties aliquotes, par Monier de Claire-Combe. *Paris,* 1719, in-12, v. m., riches orn. dorés sur les plats, tr. marb. (*Bel exempl.*). — L'arithmétique choisie ou pratique des négociants, avec un traité des changes étrangers tant simples que doubles, par J.-B.

Rouquette. *Bordeaux, P. Brun,* 1751, in-8, mar. r., fil., tr. dor. (*Rel. ancienne*). — Calculs d'usage pour trouver promptement les poids et mesures suivant leurs prix, par J.-B. Masson. *Versailles, R. Coral.* 1709, in-8, v. — La Sphère du Monde selon l'hypothèse de Copernic. par l'abbé de Vallemont. *Paris, Prosper Marchand.* 1707. in-12, fig., mar. rouge, fil., dos orné. tr. dor. (*Rel. ancienne*).

72. — Algèbre ; perspective. 4 vol.

Les Elemens de la Geometrie d'Euclides Megarien, traduicts et restitués à leur ancienne breveté, selon l'ordre de Theon, le tout par Dounot de Bar-le-Duc. *Paris, Jacques le Roy,* 1610, in-4, fig , v. ant., fil. (*Rel. fatiguée avec armoiries ; piqûre dans le fond de la marge*).— L'Algèbre de Christ. Clavius, de la Soc. de Jésus. sommairement recueillie et trad. du latin par Gille Guillion, prestre Liégeois. *Liège, Léon. Streel,* 1612, in-4, v. — Algèbre de Viette d'une méthode nouvelle claire et facile. *Paris,* 1636, in-8, vél. — Abrégé ou racourcy de la perspective par l'imitation, par le Sr de Vaulezard. *Paris,* 1632, in-8, fig., vél.

73. — Cours de Mathématique de Sulpice de la Fontaine, fait soubs MM. le Blanc en 1694. In-8, marog. rouge, fil., dos orné, tr. dor. (*Rel. ancienne*).

Joli manuscrit composé de 430 pages d'une bonne écriture de la fin du XVIIe siècle, illustré. en outre des figures techniques. de onze charmants dessins au lavis, à la plume et à l'aquarelle.

74. — La Science de l'arpenteur dans toute son étendue. par Dupain de Montesson. *Paris,* 1800, in-8, br.

Volume entièrement gravé, illustré de figures et de planches techniques.

75. — La Fortification demonstree et reduicte en art par feu J. Errard, de Bar-le-Duc, reveue, corrigée et augm. par A. Errard. *Paris,* 1620, in-fol., front. gravé et fig. dans le texte, v. m., fil.

Piqûre à quelques feuillets.

76. — Art militaire ; fortifications, etc. 3 vol.

Nouv. découvertes sur la guerre, dans une dissertation sur Polybe, par le sieur de Folard. *Paris,* 1726, in-12, pl., v. (*Aux armes de Saulx-Tavannes*).— Nouv. méthode de fortifier les plus grandes villes, suivie de dissertat. sur la machine de Marly, sur les pompes du Pont Notre-Dame et de la Samaritaine. par de la Jonchère. *Paris,* 1718, in-12, pl., mar rouge, fil., dos orné, tr. dor. (*Rel. ancienne*). — De l'attaque et de la défense des places, par de Vauban, maréchal de France. *La Haye,* 1737, in-4, nombr. planch., v. m.

77. — L'Art de naviguer de Pierre de Medine, espa-

· gnol, conten. toutes les reigles, secrets et enseigne-
mens nécessaires à la bonne navigation, traduict
de castillan en franç., avec augmentation et illustration de plus. fig. et annotat. par Nicolas de Ni-
colai, du Dauphiné. *Lyon, Guil. Rouillé,* 1569,
in-4, carte et fig., rel. molle en vélin, milieu doré.
(*Rel. du XVIe siècle*).

> Volume rare. — Mouillures et petite déchirure au titre.

78. — La Marine, arsenaux, navires, équipages, navigation, atterrages, combats, par Eug. Pacini,
illustrations de Morel-Fatio. *Paris, L. Curmer,*
1844, gr. in-8, fig. sur bois en noir et color., et sur
acier, dem.-rel. chag. Laval., pl. toile, tr. dor.

79. — Industrie. 4 vol. in-8 et in-12, br. et rel.

> Histoire de l'industrie, par P. Maigne. *Paris,* 1873. — Essai sur
> l'administration des entreprises industrielles et commerciales, par Lin-
> col, *Paris, s. d.* — Traité des excursions photographiques, par Fleury-
> Hermagis. — Bulletin de la Société de photographie. Année 1886.

IV. — SCIENCES OCCULTES.

80. — Bref discours des admirables vertus de l'or po-
table, auquel sont traictez les princip. fondemens
de la médicine, l'origine et la cause de toutes les
maladies, et quels sont les medicamens plus propres à leur guérison et à la conservation de la
santé humaine, composé par le Sieur de la Tourrete, n'aguieres président des generaux maistres
des monnoyes de France. *A Lyon, imprimé par
P. Roussin pour led. sieur de la Tourrete,* 1575,
pet. in-8, couv. pap.

> Court en tête. — Rare.

81. — Histoire admirable de la possession et conversion d'une pénitente, séduite par un magicien,
la faisant sorcière et princesse des sorciers au
pays de Provence, conduite à la S. Baume pour y
estre exorcisée soubs l'authorité du R. P. Séb. Michaelis, prieur du Couvent royal de la sainte Mag-

daleine à S. Maximin, etc., ensemble la Pneuma-
logie ou discours du susd. Père Michaelis. *Paris,*
1613, 2 part. en 1 vol. in-8, vél., fil. et milieu à
feuillages sur les plats, dos orné. (*Rel. du temps*).

82. — Les Prophéties de M. Michel Nostradamus,
médecin du roy Charles IX et l'un des plus excel-
lens astronomes qui furent jamais. A *Lyon*, 1568,
in-8, parch.

> Réimpression faite vers le milieu du xviie siècle (à Troyes); elle con-
> tient à la fin les prédictions de Vincent Sève, de Beaucaire.

83. — Eclaircissement des veritables quatrains de
Maistre Michel Nostradamus, docteur et professeur en médecine, conseiller et médecin ordinaire
des roys Henri II, François II et Charles IX, grand
astrologue de son temps, et spécialement pour la
connoissance des choses futures (par Et. Jaubert).
S. l. (*Paris*), 1656, pet. in-12, v. viol., fil., dos
orné à nerfs, dent. int., tr. dor. (*Rel. genre Thou-
venin*).

84. — Les Œuvres de Jean Belot, curé de Milmonts,
professeur aux sciences divines et célestes, conten. la chiromence, physionomie, etc. *Rouen,*
1669, in-8, cart.

85. — Les Œuvres de M. Jean Belot, curé de Milmonts, conten. la chiromance, physionomie, l'art
de mémoire de Raymond Lulle. *Liège, G.-H.Streel,*
1704, in-8, v. j.

86. — Gust. Seleni Cryptomenytices et Cryptogra-
phiæ libri IX, in quib. et planissima Steganogra-
phiæ à Joh. Trithemio, abbate Spanheymensi et
Herbipolensi. *S. l.* (*Luneburgi*), 1624, in-fol., fr.
gravé et fig. sur bois dans le texte, vél. à recouv.,
tr. dor.

> Livre curieux où l'on étudie l'art de déchiffrer toutes sortes d'écri-
> tures secrètes. — Bel exemplaire, sauf un très léger grattage au titre.

V. — BEAUX-ARTS.

A.— *Généralites.*— *Histoire de l'art.*— *Arts du dessin.*

87. — Dictionnaire des monogrammes, marques figurées, lettres initiales, noms abrégés, etc., avec lesq. les peintres, dessinateurs, graveurs et sculpteurs ont désigné leurs noms, par F. Brulliot. *Munich*, 1832-1834, 3 part. en 1 vol. in-4, marques et monogrammes, dem.-rel. maroq. Laval., tr. peig. (*Lortic*).

88. — Les chefs-d'œuvre de l'art chrétien, par J.-G.-D. Armengaud. *Paris*, 1858, in-4, pap. vélin, fig, sur bois, cart. toile de l'éditeur, ornem. dorés sur les plats, tr. dor.

89. — Etudes sur les Beaux-Arts en France et en Italie, par le Vte H. Delaborde. *Paris*, 1864, 2 vol. in-8, dem.-rel. maroq. citron, tête dor., non rog.

90. — L'Art du dix-huitième siècle, par Edm. et Jules de Goncourt. *Paris*, 1859-1875, 12 fasc. in-4, les 9 premiers dem.-rel. maroq. Laval., tête dor., non rog., les autres brochés.

> Belle publication, ornée d'eaux-fortes, tirée à 200 exemplaires. — Epuisée.

91. — Encyclopédie histor., archéolog., biographique, chronolog. et monogrammatique des arts plastiques, architecture et mosaïque, céramique, sculpture, peinture et gravure, par Aug. Demmin. *Paris, s. d.*, 3 vol. gr. in-8, grand nombre de fig. sur bois, cart. toile, ébarbé.

92. — GAZETTE DES BEAUX-ARTS. *Paris*, 1859 (*de l'origine*) à 1889, les 25 premiers volumes gr. in-8, reliés en dem.-maroq. vert jans. à nerfs, tête dor., non rog. (*Lortic*), la suite en livraisons, plus 2 vol. de tables (1859-1868), brochés.

93. — L'Art pour tous, encyclopédie de l'art industriel et décoratif. *Paris*, 1868-1869, in-fol., fig., en livraisons.

7ᵉ année, 12 livraisons et 8ᵉ année complète.

94. — Nouv. Archives de l'art français, recueil de documents inédits publ. par la Soc. de l'hist. de l'art français. *Paris*, 1872-1891, 19 vol. in-8, pap. vergé, br. et en livraisons.

Les livraisons 3 et 4 de 1890 et 11 et 12 de 1891 manquent.

95. — Beaux-arts et archéologie. — Mélanges. — 4 vol. in-8.

J. Renouvier: Histoire de l'art pendant la Révolution. *Paris*, 1863, in-8, dem.-rel. mar. bl. (*Lortic*), tome 2 seul. — Laborde. Comptes des bâtiments du Roi. *Paris*, 1877, in-8. b. (*Tome Iᵉʳ*). — Correspondance des directeurs de l'Académie de France à Rome, publ. par A. de. Montaiglon. *Paris*, 1889, in-8, br. (*Tome III*). — Mémoires de la Soc. des Antiquaires. *Paris*. 1862, in-8, br. (*Tome XXVII*).

96. — De Artificiali perspectiva. *Imprimé l'an mil huit cent soixante pour la librairie Tross à Paris*, in-fol., fig., pap. vergé, cart. toile, non rog.

Réimpression fac-simile, par le procédé Pilinski, à 100 exemplaires numérotés, de l'édition gothique de Toul, 1509, précédée d'une notice par H. Destailleur. L'auteur de ce livre est Pellegrin, chanoine de Toul.

97. — Alberti Dureri clarissimi pictoris et geometrae de symmetria partium humanorum corporum libri IV. *Parisiis, Perier*, 1557, in-fol., fig. sur bois, v. m.

Mouillures légères.

98. — L'Art de dessiner proprement les plans, porfils (sic), élévations géométrales et perspectives. *Paris, Chr. Ballard*, 1697, in-12, pl., v. m. — Traité des vernis où l'on donne la manière d'en composer un qui ressemble parfaitement à celui de la Chine. *Paris*, 1733, in-12, pl., v. m. — Secrets concern. les arts et métiers. *Brux.*, 1758, 2 vol. in-12, v. m. — Etrennes de Minerve aux artistes, conten. différents secrets. *Paris, Desnos*, 1772, in-18, cart. — Ens. 5 vol.

99. — Traité de géométrie théorique et pratique à
l'usage des artistes, par Séb. Le Clerc. *Paris,
Jombert*, 1744, in-8, fig., v. m.

> 1 fleuron, 1 vignette, 2 culs-de-lampe et 44 pl. techniques, au bas
> desquelles sont de charmantes vignettes, le tout gravé par Chedel et
> Cochin. — Premier tirage. .

100. — Comment on devient un dessinateur, par
Viollet-le-Duc. *Paris, s. d.*, in-12, fig., br. — Notices sur quelques artistes français, architectes,
dessinateurs, graveurs, par H. Destailleur. *Paris.*
1863, gr. in-8, pap. vergé, br. — Ens. 2 vol.

B. — *Architecture. — Arts décoratifs.*

101. — De la distribution des maisons de plaisance
et de la décoration des édifices en général, par
J.-Fr. Blondel. A *Paris.* 1737-1738, 2 vol. in-4,
front., fleurons sur les titres, vignettes, lettres ornées d'après Cochin fils et 160 pl. en taille-douce gr.
par l'auteur, v. m.

> Bel exemplaire, sauf une piqûre aux dern. ff. du tome II.

102. — Hist. de l'architecture religieuse au Moyen-
Age, par de Caumont. *Paris*, 1841, in-8, dem.-rel.
maroq. Lavall., ébarbé, et atlas in-4 oblong, br.

103. — Dictionnaire raisonné de l'architecture française du xie au xvie siècle, par Viollet-le-Duc.
Paris, 1854-1868, 10 vol. in-8, fig., br.

104. — Grammaire des arts décoratifs, décoration in-
térieure de la maison, par Ch. Blanc. *Paris*, 1882,
gr. in-8, fig. en noir et chromos, br.

105. — L'ornement polychrome. Cent planches en
couleur or et argent, conten. environ 2,000 motifs
de tous les styles, recueil historique et pratique
publié sous la direct. de M. A. Racinet. *Paris, s.
d.*, in-fol., fig., en feuilles dans un carton.

106. — Recueil d'ornements. Lot de 37 planches gravées in-4, en feuilles.

107. — Les Beaux-Arts et les Arts décoratifs à l'Exposition universelle de 1878, par Ed. de Beaumont, Th. Biais, Ed. Bonnaffé, E. Chesneau, A. et H. Darcel, Duranty, Ch. Ephrussi, etc., sous la direct. de L. Gonse. *Paris*. 1879. 2 vol. gr. in-8, fig. sur bois, eaux-fortes. etc., br.

108. — Revue des Arts décoratifs. *Paris*, 1881-1884, 4 vol. in-4, fig. dans le texte et hors texte, en feuilles.

Le N° de septembre 1882 manque.

C. — *Peinture*. — *Sculpture*. — *Expositions*.
Musées.

109. — La vie des peintres flamands, allemands et hollandais, av. des portraits gravés en taille-douce par J.-B. Descamps. *Paris*, 1753-1763. 4 vol. in-8, v. br.

2 vignettes gr. par Le Mire d'après Descamps et 168 portraits-vignettes. la plupart dessinés par Eisen. gravés par Ficquet, Gaillard et Sornique ; belles épreuves. — Le frontispice manque.

110. — Raphaël et la Farnésine, par Ch. Bigot. *Paris*, 1884, in-4, eaux-fortes par T. de Mare, br.

111. — Jehan de Paris, varlet de chambre et peintre ordinaire des rois Charles VIII et Louis XII, par J. Renouvier, préc. d'une notice bio-bibliographique sur sa vie et ses ouvrages, par G. Duplessis. *Paris*, 1861, in-8, pap. vergé, portr., dem.-rel. maroq. Lavall., à nerfs, tête dor., ébarbé. (*Lortic*). — Antoine Caron de Beauvais, peintre du xvie siècle, par A. de Montaiglon. *Paris*, 1850, in-8, portr., rel. pl. en veau brun, fil., tête dor., ébarbé. — Ens. 2 vol.

112. — Danse Macabre. 2 vol.

La Grant Dance macabre des femmes que composa Me Marcial de Paris, dit d'Auvergne, publ. pour la prem. fois par P.-L. Miot-Frochot. *Paris*, 1869, gr. in-8, pap. vergé, fig. sur bois, br. — Recherches sur la Dance Macabre peinte en 1425 au cimetière des Innocens, par l'abbé Valentin Dufour. *Paris*, 1873, in-4, pap. vergé, fig.. br.

113. — Notes sur Clodion, statuaire, par F. de Villars. *Paris*, 1862. in-8, dem.-rel. maroq. citron, à nerfs, tête dor., ébarbé. — J.-Baptiste Nini, ses terres cuites, par A. Villers. *Blois*, 1862, in-8, dem.-rel. maroq. Lavall., tête dor., non rog. — Ens. 2 vol.

414. — L'Académie royale de peinture et de sculpture, étude historique, par L. Vitet. *Paris*, 1861. in-8, dem.-rel. mar., tête dor., non rog. (*Lortic*).

115. — Livrets des expositions de l'Académie de Saint-Luc à Paris pendant les années 1751-1774, avec notice bibliograph. et table (par Guiffrey). *Paris*, 1872, in-12, br. — Notes et documents inédits sur les expositions du XVIIIe siècle, rec. et mis en ordre par J.-J. Guiffrey. *Paris*, 1873, in-12, br. — Table générale des artistes ayant exposé aux Salons du XVIIIe siècle, suivie d'une table de la bibliographie des Salons, par J.-J. Guiffrey. *Paris*, 1873, in-12, pap. vergé, br. — Notice de quelques copies trompeuses d'estampes anciennes, av. additions par Ch. Le Blanc. *Paris*, 1849, in-8, pl., br. — Ens. 4 vol.

116. — Procès-verbaux de l'Académie roy. de peinture et de sculpture (1648-1792), publ. pour la Société de l'hist. de l'art français par A. de Montaiglon. *Paris*, 1875-1888, 8 vol. in-8, br.

117. — Explication des peintures, sculptures et gravures, de MM. de l'Académie royale. *Paris*, 1773-79, an XII, 3 vol. in-12, rel. et br.

118. — Musées. 5 vol. in-12, br. et rel.
Les Musées d'Italie, par L. Viardot. *Paris*, 1842. — Les Musées de France, par L. Viardot. *Paris*, 1855. — Musées de France et collections particulières, par Th. Guédy. *Paris. s. d.* — Notice des émaux exposés dans les galeries du Louvre, par de Laborde. *Paris*, 1852, dem.-rel. maroq. Lavall.. tête dor., ébarbé. — Notice des bois sculptés, terres cuites, etc., du Musée de la Renaissance. *Paris*, 1869, br.

119. — Histoire artistique et archéolog. de la gravure
en France, par Alf. Bonnardot. *Paris*, 1849, in-8,
dem.-rel. maroq. Lavall., tête dor., ébarb. (*Lortic*).

Un des 15 exemplaires sur papier de Hollande.

120. — Histoire de la gravure en France, par G. Duplessis. *Paris*, 1861, in-8, dem.-rel. maroq. Lavall.,
tête dor., non rog. (*Lortic*).

121. — Gravure sur bois. 3 vol. in-8, rel.

Des gravures en bois dans les livres d'Anthoine Vérard, maître-
libraire, imprimeur à Paris, par J. Renouvier *Paris*, 1859, in-8, pap.
vergé, fig., dem.-rel. maroq. Lavall., à nerfs, tête dor., ébarbé (*Lortic*).
— Des portraits d'auteurs dans les livres du xvᵉ siècle, par J. Renouvier, avec avant-propos par G. Duplessis. *Paris*, 1863, in-4, pap vergé,
dem.-rel. maroq. rouge, tête dor., ébarbé. (*Lortic*). — Essai typograph.
et bibliograph. sur l'histoire de la gravure sur bois, par A.-F. Didot.
Paris, 1863, in-8, mar. vert, fil., tête dor., non rog.

122. — L'Alphabet de la Mort de Hans Holbein, en-
touré de bordures du xvıᵉ siècle et suivi d'anciens
poèmes français sur le sujet des trois mors et des
trois vis publ. d'après les manuscrits par A. de
Montaiglon. *Paris*, 1856, in-8, pap. vergé, fig.,
cart. toile, ébarbé.

123. — Almanach iconologique, année 1771. Septième
suite : les XII mois de l'année, par Gravelot.
A Paris, Lattré (1771), in-18, maroq. rouge, fil., tr.
dor.

Texte entièrement gravé, 1 frontispice et 12 superbes figures dessinées par Gravelot, gravées par de Launay, de Longueil, Massard, etc.
Charmant exemplaire, dans une belle condition ancienne.

124. — Catalogues d'estampes (xvıııᵉ siècle). 6 vol.
in-12, couv. pap.

Cabinet de M. Chavray. *Paris*, 1766. — Cabinet de feu M. Chiquet
de Champrenard, par Joullain fils. *Paris*, 1768. — Cabinet de M. Prous-
teau, par P. Remy. *Paris*, 1769. — Planches gravées de feu M. Benoist
Audran, graveur, par Joullain fils. *Paris*, 1772. — Cabinet de M. Tour-
nier, par Joullain fils. *Paris*, 1773. — Explication des peintures, sculptures et gravures de MM. de l'Académie royale. *Paris*, 1773.

125. — Chefs-d'œuvre de la gravure moderne, par les princip. artistes de la France et de l'étranger. *Paris*, 1869, in-fol., fig. sur bois, cart. toile.

126. — Portraits. Lot de 14 pièces gravées en couleurs par Janinet, Vérité, etc. In-8, en feuilles.

Lot intéressant. La plupart des portraits représentent des artistes célèbres des théâtres de Paris à la fin du xviiie siècle.

127. — Portraits. Lot de 54 portraits gravés ou lithographiés, en feuilles.

Necker, gr. par Sergent (*portr. colorié*). — Fr. de Clermont, évêque de Noyon, gr. par Nanteuil. — Napoléon Ier, gr. par Bourgeois. — V. Hugo, gr. par Pollet. — Charles VIII, gr. par Hillemacher. — Etc.

128. — Portraits des personnages français les plus illustres du xvie siècle, reproduits en fac-simile, sur les originaux dessinés aux crayons de couleur par divers artistes contemporains, recueil publié avec notices par P.-G.-J. Niel. *Paris*, 1848-1856, 2 vol. in-fol., pap. vergé, en feuilles, dans deux cartons.

50 portraits reproduits en fac-similé. — Très belle publication.

129. — Catalogue général des portraits formant la collection de S. A. R. Mgr le duc d'Orléans au 1er mai 1829 *Paris*, 1829-1830, 4 vol. in-8, br.

130. — Livres à gravures incomplets. 5 vol.

Boissardus. Icones virorum illustrium. *Francof.*, 1598, in-4, portraits gravés. (Partie III seule). — Symbola heroica. *Antuerpiæ, Plantin*, 1562, in-16, fig. sur bois. (*Manque titre et dem.-f.*). — Emblèmes d'amour. Entièrement gravé. (*Manque le titre*). — Médailles de Louis XV. Suite gravée par Cars. (*Manquent la planche 1 et la planche 30 et suiv.*). — Cosmographie du Levant. *Lyon, J. de Tournes*. in-4, fig. sur bois. (*Incomplet et en mauvais état*).

131. — Thèses de théologie. 3 pièces gr. in-fol. gravées par J. Cars et Le Clerc.

Ces thèses furent soutenues le 19 mars 1752 par *Claude Villain*, de Beauvais ; le 8 avril 1717 par *J.-S. La Coste*, de Paris ; le 5 avril 1717 par *Jos. Liège*, de Reims.

132. — Suite de 3 frontispices et 64 figures par Le Barbier, gravés par Delignon, Gaucher, Baquoy,

Le Beau, Halbou, etc., pour illustrer les œuvres de Gessner. Gr. in-4, en feuilles.

Belles épreuves à toutes marges.

134. — Gravures en couleurs. Lot de 6 figures in-4 et in-8 : 3 fig. gravées par Cazeneuve pour *Galatée*, etc.

135. — Gravures et lithographies. Lot de 91 planches de divers formats, sujets historiques, sujets de genre, vues de châteaux, etc.

136. — Sujets religieux. Lot de 77 gravures par Audran, Durer (réimpression), etc., en feuilles.

137. — Caricatures. Lot de 35 planches par Grandville, Charlet, Jacquet, Platier, etc., in-4 et in-8, tirées du journal *la Mode*.

138. — Architecture, sculpture, archéologie. Lot de 61 planches de tous formats, en feuilles.

139. — L'Univers illustré. *Paris*, 1858-59, 3 vol. infol., fig., cart. toile. — Journal illustré. *Paris*. 1872, in-fol., fig., dem.-toile. — Ens. 4 vol.

E. — Poterie. — Céramique.

140. — De la poterie gauloise, étude sur la collection Charvet, par H. du Cleuziou. *Paris*, 1872, gr. in-8, fig. dans le texte, br.

141. — Les terres émaillées de Bernard Palissy, inventeur des rustiques figulines, étude sur les travaux du maître et de ses continuateurs, suivie du catalogue de leur œuvre, par A. Tainturier. *Paris*, 1863, in-8, fig., br. — Recherches historiques sur les faïences de Sinceny, Rouy et Ognes, par le Dr A. Warmont. *Chauny*, 1864, in-8, pap. vergé, pl., br. — Etude céramique sur une vue du port de Rouen, par G. Gouellain. *Rouen*, 1872, in-4, pap. vergé, pl., br. — Ens. 3 vol.

142. — L'art de terre chez les Poitevins, suivi d'une

étude sur l'ancienneté de la fabrication du verre en Poitou, par Benj. Fillon. *Niort*, 1864, in-4, pap. vergé, eaux-fortes, fig. et fac-simile, br.

143. — Recueil de toutes les pièces connues jusqu'à ce jour de la faïence française dite de Henri II et Diane de Poitiers, dessinées par C. Delange et publ. par H. et C. Delange. *Paris*, 1861, gr. in-fol., pap. de Hollande, en feuilles.

     Nº 35 d'un tirage à 150 exemplaires. — Exemplaire le souscription, avec 52 planches chromolithographiées.

144. — Histoire artistique, industrielle et commerciale de la porcelaine, accompagnée de recherches sur les sujets et emblêmes qui la décorent, les marques et inscriptions qui font reconnaître les fabriques d'où elle sort, les variations de prix qu'ont obtenus les princip. objets connus et les collections où ils sont conservés aujourd'hui, par Alb. Jacquemart et Edm. Le Blant, enrichie de planches gr. à l'eau-forte par J. Jacquemart. *Paris*, 1862, pet. in-fol., vél. blanc à recouvr., tête dor., non rog.

145. — Histoire des faïences, principalement des porcelaines de Moutiers, Marseille et autres fabriques méridionales, par J.-C. Davillier. *Paris,* 1863, in-8, marques, br.

146. — Les faïences anciennes et modernes, leurs marques et leurs décors, par A. Mareschal. *Beauvais*, 1868, in-8, 101 pl. color., cart., non rog.

147. — La Faïence populaire au xviiie siècle, sa forme, son emploi, sa décoration, ses couleurs et ses marques ; 112 planches en couleur d'après les pièces originales, par A. Mareschal. *Beauvais*, 1872, gr. in-8, cart., non rog.

148. — Histoire de la Faïence de Rouen, précéd. d'un index synchronique mettant en regard les faits correspondants de l'histoire des autres fabriques et suivie d'un catalogue descript. des pièces datées, classées chronologiquement, ouvrage posthume de

André Pottier, publ. par les soins de l'abbé Colas, G. Gouellain et R. Bordeaux. *Rouen*, 1869, in-4, pap. vergé, portr. à l'eau-forte et 60 pl. en chromo-typographie, dans deux cartons.

149. — Histoire des Faïences de Rouen, pour servir de guide aux recherches des collectionneurs, ouvrage avec texte, orné de 60 planches mises en couleur à la main par Ris-Paquot. *Amiens*, 1870, in-4, en feuilles dans un carton.

150. — Mémoire histor. sur la manufacture nationale de porcelaine de France, rédigé en 1781 par Bachelier, réédité avec préface et notes par G. Gouellain. *Paris*, 1878, in-12, br. (*Un des 50 exempl. sur papier du Japon*). — Notice sur D. Riocreux, conservateur du musée céramique de Sèvres, par A. Milet. *Paris*, 1883, pet. in-4, portr., br. — Ens. 2 vol.

151. — Faïence, porcelaine. 4 vol. in-8.

Musée de la Renaissance. Notice des fayences peintes italiennes, hispano-moresques et françaises, et des terres cuites émaillées, par Alfr. Darcel. *Paris*, 1864, in-12, dem.-rel. maroq. Lavall.. à nerfs, tête dor., ébarbé. — Une fabrique de faïence à Lyon sous le règne de Henri II, par le comte de La Ferrière-Percy. *Paris*, 1862, br. in-8, pap. vergé. — Priorité de l'invention de la porcelaine à Rouen en 1673, par A. Milet. *Rouen*, 1867, in-12, br. — Note sur une faïence avec portrait du général Bonaparte, par Gust. Gouellain. *Bernay*, 1878, br. in-8, pap. vergé.

152. — Imagerie de la Faïence. Assiettes à emblêmes patriotiques. Période révolutionnaire, 1789 à 1795 (par A. Maréchal). *S. l., n. d.* (*Beauvais, vers 1875*), in-4, 122 pl. coloriées, dem.-rel. mar. rouge, fil., tête dor.

153. — Céramique, émaux, tapisserie, etc. Lot de 67 planches de tous formats, noires et coloriées, en feuilles.

154. — Art du potier d'étain, par Salmon, marchand potier d'étain à Chartres. *Paris*, 1788, in-fol., 32 pl. grav., cart.

F. — Mobilier. — Orfèvrerie. — Emaux. — Costume. Cérémonial. — Entrées.

155. — Dictionnaire raisonné du Mobilier français de l'époque carlovingienne à la Renaissance, par Viollet-le-Duc. *Paris*, 1858-1875, 6 vol. in-8, fig. noires et color.

> Le tome Ier est en demi-rel. maroq. Lavall., tête dor., non rog., rel. de Lortic ; les autres sont brochés.

156. — LES ANCIENNES TAPISSERIES HISTORIÉES, ou collection des monumens les plus remarquables de ce genre qui nous soient restés du moyen-âge, à partir du XIe siècle au XVIe inclusivement, par Ach. Jubinal. *Paris*, 1838, gr. in-fol. oblong, dem.-rel., dans un étui.

> Belle publication ornée de 123 planches. Cet exemplaire contient 8 planches en double état, coloriées.

157. — 60 planches d'orfèvrerie de la collection de Paul Eudel pour faire suite aux éléments d'orfèvrerie composés par P. Germain. *Paris*, 1884, pet. in-4, pap. vergé, fig., en feuilles, dans un carton.

158. — Les émaux de Petitot du Musée impérial du Louvre. Portraits de personnages historiques et de femmes célèbres du siècle de Louis XIV, gravés au burin par L. Ceroni. *Paris*, 1862, 2 vol. gr. in-8, en livraisons.

> Exemplaire de souscription, avec les portraits *avant la lettre*, sur Chine.

159. — Musées. 4 vol.

> Notice des émaux, bijoux et objets divers exposés dans les galeries du Musée du Louvre, par de Laborde. *Paris*, 1853, 2 vol. in-8, dem.-rel. maroq. Lavall., à nerfs, tête dor., ébarbé. — Notice des dessins, cartons, pastels, miniatures, exposée au Musée du Louvre, par Fr. Reiset. *Paris*, 1866, 2 vol. in-8, le premier en dem.-rel. mar. Lavall., tête dor., ébarbé, le tome II br. (*grand-papier*).

160. — Costumes anciens et modernes. Habiti antichi et moderni di tutto il mondo di Cesare Vecellio. *Paris, Didot*, 1859, 2 vol. in-8, fig. sur bois, br.

161. — Le Costume ou essai sur les habillements et
les usages de plus. peuples de l'antiquité, prouvé
par les monuments, par André Lens. *Liège*, 1776,
in-4, nombr. planches, dem.-rel., v. marbr.

162. — Tableau histor. des costumes, des mœurs et
des usages des princip. peuples de l'antiquité et du
moyen-âge, par Robert de Spallart. *Vienne, s. d.*,
3 cahiers in-fol. oblong, cont. 115 pl. gravées en
couleurs.

163. — Monument du costume physique et moral de
la fin du xviiie siècle ou tableaux de la vie, ornés
de 26 figures dessinées et gravées par Moreau le
jeune et par d'autres célèbres artistes. — Histoire
des mœurs et du costume des Français dans le
xviiie siècle, ornée de 12 estampes dessinées par
Freudenberg, texte par Restif de la Bretonne, revu
et corrigé par Ch. Brunet, préface par A. de Montaiglon. *Paris*, 1876, gr. in-fol., en feuilles, dans un
carton.

  Nº 11 d'un tirage à 100 exemplaires sur papier de Hollande, avec les
figures sur Chine.

164. — Costumes religieux, civils et militaires du
vie au xvie siècles. Lot de 171 planches en noir,
en bistre et coloriées, en feuilles.

165. — Costumes militaires. Lot de 15 pièces coloriées publiées par *Martinet. Paris, vers* 1806, in-8,
en feuilles.

166. — Travestissements. Recueil de 12 planches
finement coloriées au pinceau. or et couleurs, dem.-
rel.

167. — Costumes français. Lot de 130 fig. noires
et coloriées, tirées en grande partie des journaux
La Mode, Le Moniteur de la Mode, etc. (1830-1840),
in-8, en feuilles.

168. — Recueil de 386 planches coloriées de costumes
publiées de 1820 à 1827 sous le titre de *Costume
· Parisien*, en 7 vol. in-8, cart.

169. — Le Sacre et Coronement de la Royne, imprime par le commandement du Roy nostre sire. *Paris, Geoffr. Tory* (1530), in-4 de 12 ff. en maroq. Lavall., comp. de fil. à froid sur les plats, tête dor., ébarbé. (Réimpression fac-simile à 50 exemplaires). — Entrées de Marie d'Angleterre, femme de Louis XII, à Abbeville et à Paris, publ. et annotées par H. Cocheris. *Paris*, 1859, in-8, dem.-mar. r., tête dor., non rog. (*Lortic*). — Récit des funérailles d'Anne de Bretagne, par Bretaigne, héraut d'armes, publ. pour la prem. fois par L. Merlet et Max. de Gombert. *Paris*, 1858, pet. in-8, pap. vergé, dem.-rel. mar. bl., tête dor., non rog. (*Lortic*). — Ens. 3 vol.

170. — L'entrée triomphante de Leurs Majestez Louis XIV, roy de France et de Navarre, et de Marie-Thérèse d'Austriche, son espouse, dans la ville de Paris. *A Paris*, 1662, gr. in-fol., v.

Relation de l'entrée de Louis XIV et de Marie-Thérèse à Paris, le 23 août 1660, rédigée par J. Tronçon, avocat au Parlement. Elle est ornée d'un front. gravé par F. Chauveau, d'un superbe portrait gravé par Van Schuppen d'après Mignard, d'un feuillet d'avertissement gravé et de 22 grandes planches gravées par J. Marot et C. Le Pautre. — Exemplaire grand de marges, dans sa première reliure. — Déchirure à 3 feuillets et à une planche, et piqûres peu importantes en tête.

171. — La Fête royale donnée à Sa Majesté par Son Alt. Séréniss. Monseign. le duc de Bourbon à Chantilly, le 4, le 5, le 6, le 7 et le 8 nov. 1722, où l'on verra un détail fidèle de tout ce qui s'y est passé de curieux et qui n'a point été imprimé par Faure. — *S. l., n. d.* (*Paris, veuve Bouillerot*, 1722), in-4 de 32 pag. maroq. r., fil.

172. — Le Triomphe de l'humanité, divertissement exécuté par les ordres de l'Hôtel-de-Ville de Nancy sur le nouveau théâtre, le 26 novembre 1755, jour de la dédicace de la statue que Sa Majesté polonaise a fait élever à l'honneur de Sa Majesté très-chrestienne. *S. l.* (1755), pet. in-fol., front. gravé par Collin Loth et 64 p. de musique gravée, maroq.

rouge, fil., fleurons aux angles, doublé de tabis
bleu, tr. dor.

Bel exemplaire, AUX ARMES ROYALES DE FRANCE.

G. — *Curiosité*.

173. — Les Collectionneurs de l'ancienne Rome,
notes d'un amateur (par Edm. Bonnaffé). *Paris*,
1867, in-8, pap. vergé, mar. rouge jansén., tète
dor., ébarbé.

174. — Noms des curieux de Paris, avec leur de-
meure et la qualité de leur curiosité, 1673 (publié
par L. Lacour). *Paris, Académie des bibliophiles*,
1866, in-18, pap. vergé, maroq. Lavall., tête dor.,
non rog. — Baron de Boyer de Ste-Suzanne. Notes
d'un curieux sur les tapisseries tissées de haute et
basse lisse. *Monaco*, 1876, pet. in-4, pap. vergé, br.
— Ens. 2 vol.

175. — Catalogue de différ. effets précieux, tant sur
l'histoire naturelle que sur plusieurs autres genres
de curiosités, par le S. P. C. A. Helle. *Paris*, 1763,
in-12, fig., couv. pap. — Catalogue du cabinet
d'histoire naturelle de M***, par J.-B. Glomy. *Paris*, 1769, in-12, fig., couv. pap. — Ens. 2 vol.

176. — Catalogue raisonné des tableaux, dessins et
estampes, et autres effets curieux, après le décès
de M. de Jullienne, par Pierre Remy. *Paris*, 1767,
in-12, front. gravé, cart., non rog. (*Prix et noms
des acquéreurs*). — Catalogue des tableaux et
dessins précieux, figures de marbres et autres objets du cabinet de feu M. Randon de Boisset, par
Pierre Remy. *Paris*, 1777, in-12, cart., non rog.
(*Prix et noms des acquéreurs*). — Ens. 2 vol.

177. — Catalogue des vases, colonnes, tables de
marbre, figures de bronze, porcelaines de choix,
laques, meubles précieux, pendules, lustres, bras
et lanternes de bronze doré d'or mat, bijoux et au-

tres objets importants qui composent le cabinet de feu M. le duc d'Aumont, par P.-F. Julliot fils et A.-J. Paillet. *Paris*, 1782, in-8, v. m.

> Catalogue intéressant et recherché, illustré de 30 planches. Vendu jusqu'à 147 fr. en 1869. — Exemplaire avec les prix d'adjudication et quelques noms d'acquéreurs.

178. — Le Cabinet du duc d'Aumont et les amateurs de son temps, catalogue de sa vente avec les prix, les noms des acquéreurs et 32 planches d'après Gouthière, accompagné de notes et d'une notice sur Pierre Gouthière, sculpteur, ciseleur et doreur du roi, et sur les principaux ciseleurs du temps de Louis XVI, par le baron Ch. Davillier. *Paris*, 1870, in-8, fil., br.

179. — Paul Eudel. La Vente Hamilton, avec 27 dessins hors texte. *Paris*, 1883, gr. in-8, fig., br.

180. — Paul Eudel. L'Hôtel Drouot et la curiosité. *Paris*, 1882, 9 vol. in-12, fig., br.

181. — Paul Eudel. Champfleury, sa vie, son œuvre et ses collections. *Paris*, 1891, gr. in-8, pap. teinté, portr., br.

> Tiré à 100 exemplaires numérotés.

VI. — MUSIQUE. — CHASSE. — JEUX. DUEL. — CUISINE.

182. — Recueil d'airs sérieux et à boire de différents autheurs. *Paris, Christ. Ballard*, 1695-96-1707-13, 4 tom. en 3 vol. in-4 oblong, musique, v. m.

183. — La Feuille chantante ou le journal hebdomadaire. *Paris*, 1764-1770, 2 vol. in-8, musique gravée, v. m. — Traité des accords et de leur succession (par l'abbé Rousset). *Paris*, 1764, in-8, v. m. — Ens. 3 vol.

184. — Dictionnaire lyrique portatif, ou choix des plus jolies ariettes de tous les genres, le tout recueilli et mis en ordre par M. Dubreuil. *Paris*, 1769, 2 tom. en 4 vol. in-8, musique gravée, v. m.

> Le titre et la table de la 3e partie sont déchirés.

185. — La Chasse illustrée, journal des chasseurs. *Paris*, 1870-74-75, 3 vol. in-fol., fig., dem.-toile.

186. — Recueil d'environ 400 planches tirées de l'*Encyclopédie méthodique*, en 2 vol. in-4, cart., non rog.

> Parties de la pêche et de l'art du vêtement ; dentelle, tapisserie, bonneterie, chapellerie, draperie, etc.

187. — Recherches sur les cartes à jouer et sur leur fabrication en Belgique depuis l'année 1379 jusqu'à la fin du XVIIIe siècle, par Al. Pinchart. *Bruxelles*, 1870, in-8, pap. vergé, br. — Notice sur un jeu de cartes inédit du temps de Louis XII, par Harold de Fontenay. *Paris*, 1865, in-8, pl. col., br. (*Extr. à pag. cont.*). — Ens. 2 vol.

188. — Les Jeux des Reines renommées et de la Géographie (par Desmarets). A *Paris, s. d.* (*vers* 1670), in-12, fig., v. br.

> Jeux de cartes gravés par Etienne de la Belle (*Stephano della Bella*): 52 pl. pour les *reines*, un front. et 52 pl. pour la *géographie*.

189. — Cartes à jouer. 4 pièces comprenant : une enveloppe de jeu de cartes du XVIIIe siècle avec le nom du fabricant, et 3 feuilles de cartes anciennes.

190. — Le Jeu du trictrac comme on le joue aujourd'huy, enrichy de figures. *Paris*, 1698, in-12, v. — Dissertation des lotteries, par le P. C. F. M. (Menestrier). *Lyon*, 1700, pet. in-12, v. j. — Histoire génér. de la Danse sacrée et prophane, par Bonnet. *Paris*, 1724, in-12, v. m. — Ens. 3 vol.

191. — Traités du Duel judiciaire, relations de pas d'armes et tournois, par Olivier de la Marche, Jean de Villiers, seigneur de l'Isle-Adam, Hardouin de la Jaille, Ant. de la Sale, etc., publ. par B. Prost. *Paris*, 1872, in-8, pap. vergé, br.

192. — Apicii Cœlii de opsoniis et condimentis sive arte coquinaria, libri decem, cum annotat. M. Lister. *Amstelodami*, 1709, pet. in-8, front. gravé, v.

— Le Bon Jardinier, almanach pour l'année 1782, édition augm. d'un précis sur la culture des ananas, par de Grace. *Paris*, 1782, pet. in-16, v. m. — Mémoire sur les défrichemens (par le marquis de Menon de Turbilly). *Paris*, 1760, in-12, fig., v. m. — Ens. 3 vol.

193. — Traitez nouveaux et curieux du café, du thé et du chocolate, par Ph. Sylvestre Dufour, à quoy on a adjousté dans cette édition la meill. de toutes les méthodes pour composer l'excellent chocolate, par St-Disdier. *La Haye, Adr. Moetjens*, 1693, pet. in-12, fr. gravés, broché, non rogné.

Exemplaire réglé, à toutes marges.

194. — Dictionnaire des alimens, vins et liqueurs, leurs qualités, leurs effets, avec la manière de les apprêter ancienne et moderne, par C. D. (Briand), chef de cuisine. *Paris*, 1750, 3 vol. in-12, v. m. — Chimie du goût et de l'odorat, ou principes pour composer facilement, et à peu de frais, les liqueurs à boire et les eaux de senteurs (par Poncelet). *Paris*, 1755, in-8, front. gravé et planches, v. m. — Ens. 4 vol.

BELLES-LETTRES

I. — LINGUISTIQUE. — ÉLOQUENCE.

195. — Petit vocabulaire latin-français du XIIIe siècle, par Alph. Chassant. *Paris*, 1857, pet. in-8, br. — Dictionnaire interprète-manuel des noms latins de la géographie ancienne et moderne (par Chaudon). *Paris*, 1777, in-8, v. m. — Ens. 2 vol.

196. — Dictionnaire de la langue française, par E. Littré. *Paris*, 1863, 4 vol. in-4, dem.-rel. maroq. Lavall., ébarbé.

197. — Dictionnaire historique, étymologique et anecdotique de l'argot parisien, par Lorédan Lar-

chey, illustrations de J. Férat et Ryckebusch. *Paris*, 1872, gr. in-8, br.

198. — Grammaire japonaise, par L. de Rosny. *Paris*, 1865, in-4, pl., br. — L'Empire du Milieu, par le marquis de Courcy. *Paris*, 1867, in-8, br.— Ens. 2 vol.

199. — Addresse pour acquérir la facilité de persuader et parvenir à la vraye éloquence, par I. D. W. (Jean de Wuepy). *Verdun, s. d.* (1625), pet.in-12, vél. à recouv.

200. — Oraison funèbre de très haut et très puissant seigneur Louis-Nic.-Vict. de Félix, comte du Muy, directeur et administrateur de l'hôtel roy. des Invalides, par Messire J.-B. Charles-Marie de Beauvais, évêque de Senez. *Paris, Imprim. Roy.*, 1776, in-4, couv. pap.

<h2 style="text-align:center">II. — POÉSIE.</h2>

201. — Petits poèmes de Virgile, trad. nouv. par Val. Parisot. *Paris, Panckoucke*, 1835, in-8, dem.-rel. maroq. citron, tête dor., ébarbé. — Le Légat de la Vache à Colas, par de Sédège, complainte huguenote du xvie siècle, avec introduct. par E. Vasse. *Paris*, 1868, in-18, br. — Ens. 2 vol.

202. — Q. Horatii Flacci opera c. novo commentario ad modum Joa. Bond. *Parisiis, F. Didot*, 1855, pet. in-12, front. et vign. gr. sur bois par Huyot d'après Barrias, texte encadré, dem.-rel. mar. rouge, tr. dor. (*Lortic*).

203. — Les Œuvres d'Horace, trad. en franç. par Binet. *Paris*, 1783, 2 vol. in-18, v. m. — P. Virgilii Maronis opera. *Parisiis, Barbou*, 1767, 2 vol. in-12, belles fig. de Cochin gr. par Duflos, v. m., fil., tr. dor. — Comédies de Térence, trad. en franç. avec le latin à costé. *Paris*, 1669, pet. in-4, v., dos fleurdelysée. — Ens. 5 vol.

204. — G. Buchanani Scoti, elegiæ, sylvæ, etc. *Parisiis, Rob. Stephanus*, 1567, in-16, réglé, v. m. — Gasp. de Varadier de S. Andiol doct. theol. et Stæ Arelatensis ecclesiæ archidiaconi Juvenilia. *Arelate, Cl. et J. Mesnier*, 1679, 4 part. en 1 vol. pet. in-4, v. j. — Ens. 2 vol.

205. — Essais histor. sur les Bardes, les Jongleurs et Trouvères normands et anglo-normands, par l'abbé de la Rue. *Caen*, 1834, 3 vol. in-8, dem.-rel.

206. — Fabliaux ou Contes du XIIe et du XIIIe siècle (publ. par Le Grand d'Aussy). *Paris*, 1779, 4 vol. in-8, v. gr., dent., tr. marb.

> Bel exemplaire.

207. — Poème inédit de Jehan Marot, publ. avec introduction et notes par G. Guiffrey. *Paris*, 1860, in-8, pap. vergé, dem.-rel. maroq. rouge, tête dor., non rog. (*Lortic*).

208. — Les Œuvres de Pierre de Ronsard, gentilh. Vandosmois, prince des poètes françois. *Paris*, 1610, pet. in-12, fr. gravé par L. Gaultier, rel. molle en vélin, fil., tr. dor.

> Tome I seulement contenant les Amours. — Reliure du temps, avec semis de monogrammes sur les plats et sur le dos. — Les chiffres entrelacés sont formés des lettres : AA, CC, GG.

209. — Poètes français incomplets. 3 vol.

> Œuvres de Ronsard. *Paris*, 1623, in-fol., avec portraits. (Tome Ier allant jusqu'à la page 876 incluse). — Meslanges d'Est. Jodelle. *Paris*, 1583, in-12. vél. (*Manque le titre*). — Semaine de Du Bartas. *Paris*, 1579, in-12, parch. (Manque le titre).

210. — L'Art d'aimer, poème héroïque en quatre chants (par Gouge de Cessières). *S. l.* (*Paris*), 1745, pet. in-8, fleuron sur le titre, cart. toile Bradel. — L'Observatoire volant et le triomphe héroïque de la navigation aérienne et des vésicatoires amusants et célestes, poème en quatre chants, par Arnaud de Saint-Maurice. *Paris*, 1784, in-8, br., non rog. — Ens. 2 vol.

211. — Mon Odyssée ou le journal de mon retour de

Saintonge, poème à Chloé (par Robbé de Beau-
veset). *La Haye*, 1760, pet. in-8, maroq. rouge,
tête dor.

> 1 fleuron non signé sur le titre et 4 charmantes fig. de Desfriches
> gr. par Cochin. — Quelques raccommodages.

212. — Le Voyage de St-Cloud, par mer et par terre
(par Néel). *La Haye*, 1749, in-12, cart. — Les
Nymphes de la Seine, poème. *S. l. (Paris)*, 1763,
in-12, br., non rogné. — Ens. 2 vol.

213. — Fables nouvelles (par Dorat). *A La Haye, et
se trouve à Paris, chez Delalain*, 1773, in-8, maroq. rouge, comp. de fil. sur les plats, tête dor.,
non rogné.

> Premier volume des fables de Dorat. illustré d'un frontispice, d'un
> fleuron, d'une figure, de 50 vignettes et de 50 culs-de-lampe dessinés
> par Marillier, gravés par divers artistes. — Bel exemplaire en GRAND
> PAPIER, à toutes marges. Haut. 228 millim.

214. — Œuvres complètes de J. Delille. *Paris*, 1840,
gr. in-8, port. sur acier, dem.-rel. chag. vert.

215. — Œuvres complètes de G. Legouvé. *Paris,
Janet*, 1826-1828, 3 vol. in-8, br.

> Exemplaire en GRAND PAPIER VÉLIN, avec les figures de Desenne
> AVANT LA LETTRE.

216. — Camille Crèvecœur. Poésies. *Paris*, 1883, in-
12, br.

> Exemplaire sur PAPIER WHATMANN.

217. — Victor Hugo. Les Voix intérieures. *Paris,
Eug. Renduel*, 1837, in-8, dem.-rel. v. brun. —
Les Chansons des rues et des bois. *Paris, Librairie internation.*, 1866, in-8, dem.-rel. — Ens.
2 vol.

> Premières éditions.

218. — Victor Hugo. Les Contemplations. *Paris,
Mich. Lévy*, 1856, 2 vol. in-8, br. — L'Année ter-
rible. *Paris, M. Lévy*, 1872, in-8, br. — Victor
Hugo raconté par un témoin de sa vie (Mme V.
Hugo). *Paris, Libr. internat.*, 1863, 2 vol. in-8,
cart. toile grise, non rog. — Ens. 5 vol.

219. — Victor Hugo. L'Année terrible. *Paris, M. Lévy*, 1872, in-8, br. (*Av. la couvert.*). — L'Ane. *Paris, Calmann Lévy*, 1880, in-8, br. (*Av. couvert.*). — Ens. 2 vol.

Premières éditions. — Le titre seul de l'*Année terrible* porte *deuxième édition*, bien que ce soit le premier tirage.

220. — Victor Hugo. La Légende des siècles. Nouvelle série. *Paris, Calmann Lévy.* 1877, 2 vol. in-8, br. (*Avec couvert.*).

Première édition.

221. — Sam. Coleridge. La Chanson du vieux marin, illustrée par Gust. Doré. *London*, 1876, in-fol., fig. sur bois, cart. toile de l'édit.

222. — Schillers Lied von der Clocke. in bildern von Ludwig Richter. — Vater Unser in bildern von Ludw. Richter. *Dresden, s. d.*, 2 vol. in-4. fig. sur bois, en feuilles, dans des cartons.

III. — ROMANS ET FICTIONS EN PROSE.

223. — Lucius Apuleius, de l'Asne doré, autrement dit de la Couronne Ceres, contenant maintes belles histoires, delectantes fables et subtiles inventions de divers propos, translaté de latin en langaige françoys (par Guillaume Michel, de Tours). *On les vend à Paris, en la rue Neufve Nostre-Dame, à l'ymage S. Jehan Baptiste, près Saincte Geneviefve des Ardans*, in-4, goth., fig. sur bois, v. ant., tr. dor.

Edition rare. — Elle est imprimée à Paris par la veuve de Jean Janot, en 1522. — Exemplaire incomplet des dern. ff.

224. — Listoyre de Pierre de Provence et de la belle Maguelonne, nouvellement imprimé à Paris. *Paris, Silvestre.* 1845, pet. in-8, gothique, br. — La Prophétie de Rouellond de la Rouellondière de Chollet, manuscrit du xvie siècle, publié par E. Auger. *Beauvais (Lyon, imprim. Perrin)*, 1861, pet. in-8, pap. vergé, br. — Ens. 2 vol.

225. — Voyage sentimental, en France, par Sterne, sous le nom d'Yorick, trad. de l'angl. par Frénais. *Londres*, 1784, 2 vol. in-18, fig. de Duponchel, v. granit, fil., tr. dor.

226. — La Coucaratcha, par Eug. Sue. *Paris*, 1832, 2 vol. in-8, br., avec couvertures.
   Première édition. — Léger grattage au titre.

227. — Danaë, par A. Granier de Cassagnac. *Paris*, *Delloye*, 1840, in-8, pap. vélin, br., non coupé.
   Première édition.

228. — Arsène Houssaye. Mademoiselle Cléopâtre. — Les grandes Dames. *Paris*, 1864-1868, 5 vol. in-8, br.

229. — Victor Hugo. Les Travailleurs de la Mer. *Paris*, 1866, 3 vol. in-8, cart. toile Bradel grise, non rognés.
   Première édition. — Couvertures conservées pour les tomes II et III.

230. — Victor Hugo. L'Homme qui rit. *Paris*, 1869, 4 vol. in-8, br., avec couvertures.
   Première édition.

231. — Victor Hugo. Quatre-vingt-treize. *Paris*, M. *Lévy*, 1874, 3 vol. in-8, br., avec couvertures.
   Première édition.

IV. — THÉATRE. — CONTEURS. — LIVRES
SUR LES FEMMES.

232. — Œuvres de P. et Th. Corneille, nouv. édition illustrée de douze gravures sur acier. *Paris*, *Garnier*, *s. d.*, gr. in-8, dem.-rel. chag. rouge, dos orné à nerfs, pl. toile, tr. dor.

233. — Œuvres de Jean Racine. *Paris*, 1844, gr. in-8, port. sur acier, dem.-rel. chag. vert.

234. — Œuvres dramatiques de N. Destouches. *Paris*, 1820, 6 vol. in-8, fig. de Laffite, br.

235. — Le Moyen de Parvenir, par Béroalde de Ver-
ville, édition collat. sur les textes anciens, avec
notes, variantes, index, glossaire et notice bibliograph. *Paris*, 1870, 2 vol. pet. in-8, pap. vergé,
vignettes sur bois, dem.-rel. chag.rouge, tête dor.,
non rog.

236. — Contes en vers imités du Moyen de Parvenir,
par Autreau, Dorat, Grécourt, La Fontaine, B. de
la Monnoye, Plancher de Valcour, Regnier, Ver-
gier, etc., avec les imitations du comte de Chevi-
gné et celles d'Epiphane Sidredoulx. *Paris*, 1874,
in-8, pap. vergé, vig. sur bois, br. — Contes gri-
vois du XVIIIe siècle, illustrés des vignettes de
l'époque imprimées à mi-page en deux couleurs et
gravées sur bois par Doms. *Bruxelles*, 1881, in-8,
br. — Ens. 2 vol.

237. — L'Amour au dix-huitième siècle, par Ed. et
J. de Goncourt. *Paris*, 1875, pet. in-8, encadre-
ment gravé sur bois à chaque page, front. et vign.
à l'eau-forte de Boilvin, br.

238. — Les Femmes blondes selon les peintres de
l'école de Venise, par deux Vénitiens (A. Baschet
et Feuillet de Conches). *Paris*, 1865, in-8, maroq.
brun, comp. de fil. sur les plats, tête dor., ébarbé.

239. — Hommage aux plus jolies et vertueuses
femmes de Paris ou nomenclature de la classe la
moins nombreuse. 7 p. — Réponse des Etats-généraux des demoiselles du Palais-Royal. *S. l., n. d.*
(*Paris, vers* 1790), 7 p. — Ens. 2 plaq. in-8, cart.

V. — ÉPISTOLAIRES. — POLYGRAPHES.
MÉLANGES.

240. — Lettres inédites de Diane de Poytiers, publ.
d'après les Mss. de la Bibliothèque impér., avec
introduct. et notes par G. Guiffrey. *Paris*, 1866,
in-8, portr. et fig. gr. sur bois tirées sur chine,

fac-simile, dem.-rel. maroq. Lavall., tête dor.,
non rog. (*Lortic*).

241. — Tanaquilli Fabri Epistolæ. *Salmurii*, 1674,
2 part. en 1 vol. in-4, v. fauve, semis de fleurs de
lys et d'L couronnés, dos orné, tr. dor.

> Exemplaire aux armes de Louis XIV. Les trois fleurs de lys des armoiries ont été grattées et remplacées par un monogramme composé des lettres PS entrelacées.

242. — Correspondance de P.-J. Proudhon, précéd.
d'une notice par J.-A. Langlois. *Paris*, 1875, 3 vol.
in-8, br.

243. — Divers opuscules tirez des mémoires d'Ant.
Loisel, advocat au Parlem., ausq. sont joints
quelq. ouvrages de Bapt. du Mesnil et P. Pithou,
le tout recueilly et mis en lumière par Cl. Joly.
Paris, 1652, in-4, v. m , fil.

> Recueil intéressant où on trouve un grand nombre de documents curieux, des lettres, des poésies de personnag s célèbres que l'on chercherait vainement ailleurs.   Exemplaire aux armes de G. Joly, baron de Blaisy. président au Parlement de Bourgogne ; il contient les pp. LXII à LXX qui manquent souvent.

244. — Œuvres de Lesage, édit. ornée de 7 vignettes
grav. par Ferdinand d'après les dessins de Nap.
Thomas, avec notice par P. Poitevin. *Paris*, 1845,
gr. in-8, fig., dem.-rel. chag. vert.

245. — Œuvres complètes de Chateaubriand. *Paris*,
1847, 5 vol. gr. in-8, dem.-rel. chag. bleu, tr. dor.

246. — Œuvres complètes de H. de Balzac, vignettes
par Tony Johannot, Meissonier, Gavarni, Henri
Monnier, etc. *Paris*, Ve *Houssiaux*, 1870, 20 vol.
in-8, br.

247. — Œuvres de Alfr. de Musset, ornées de dessins
de Bida, graves en taille-douce par les premiers
artistes. *Paris*, 1867, gr. in-8, fig., en livraisons.

248. — Œuvres complètes de Victor Hugo. Drames.
Paris, Eug. Renduel, 1836, 6 vol. in-8, br., avec
couvertures.

> Cromwell, Hernani, Marion Delorme, Le Roi s'amuse, Lucrèce Borgia, Marie Tudor, Angelo.

249. — Œuvres complètes de Walter Scott, trad. par L. Vivien. *Paris*, 1838, 25 vol. in-8, br.

250. — Suite de 104 figures et cartes gravées sur acier et sur bois d'après les dessins de Raffet, Marckl, J. David. etc., pour illustrer les Œuvres complètes de W. Scott. Gr. in-8, en feuilles.

Epreuves sur chine du premier tirage.

251. — Bibliothèque gothique. *Paris, Baillieu*, 1869-1870, 3 vol. pet. in-8, pap. vergé, fig. sur bois, br.

Le Grand Testament Villon et le Petit. — Le Parement et triumphes des Dames. — Maistre Pathelin. — Réimpressions gothiques à 200 exemplaires.

252. — Portefeuille de l'ami des livres. *Paris, R. Muffat, s. d. (vers* 1860), 11 plaq. in-8, pap. vergé, rel. pl. en veau br., fil sur les plats, tête rouge, non rog. (Couvertures conservées).

Réimpressions de pièces rares du xve et du xvie siècles : Le Banquet du Boys (gothique). — Louenge de la victoire du tres chrestien roy de France obtenue en la conqueste de la ville et cyté de Napples (gothique). — Estrenes de l'asne, par I. de Fonteny, parisien. — Le Cruel assassinat de deux jésuistes en la ville d'Aubenas. — Le plaisant discours d'un médecin savoyart. — Discours veritable d'un usurier de Remilly en Savoye. — Miracle arrivé dans la ville de Genève en 1609. — Des marques des sorciers, par Jacques Fontaine. — Le bragardissime et joyeux testament de la Bière. — Histoire tragicque d'un jeune gentilhomme et d'une grande dame de Narbonne. — La Vision publicque d'un démon sur l'église cathédrale de Quinpercorentin.

253. — Publications de la Société des Bibliophiles normands. *Rouen*, 1863-1891, 50 vol. ou plaquettes pet. in-4, pap. vergé, br.

Discours du sieur de Civille. — Entrée de Louis XIV à Rouen. — Ordonnances contre la peste. — Funérailles de Georges d'Amboise. — Statuts de l'Académie des Palinods à Rouen. — Vie de S. Adjuteur, par J. Theroude. — Voyage des religieuses ursulines de Rouen à la Nouvelle-Orléans. — Inventaire du mobilier du château de Chailloué (1416). — Vie de Ste Opportune. — Le Bateau de Bouille. — Les Tavernes de Rouen. — Herculis Griselli Fasti Rothomagenses. — Prise d'armes de Montgommery en 1574. — Entrée de François I à Rouen. — Notice sur M. A. Pottier. — Entrée de Henri II à Rouen. — Voyage de Louis XIII en Normandie. — Elégies de Jean Doublet. — Le Sire de Bacqueville, légende normande. — Séjour de Henri III à Rouen. — Désordres de Rouen en 1683. — Eloges de la ville de Rouen. — Inscriptions pour les fontaines de Rouen. — Les Théâtres de Gaillon à la Reine. — Aventure de la Grand-Louise. — Catalogue des mss. des Bigot. — Apologues d'Esope, par Guil. Haudent. — Miscellanées. 3 vol.— Documents sur Hercule Grisel. 2 vol. — Première campagne de Henri IV en Normandie. — Défense du Cid. — Meurtre de Caïn. — Mémoire sur la musique. — Regret d'honneur féminin, par Fr. Sagon. — Tombeau de R. et A. Le Chevalier d'Aigneaux. — Voyage au Canada du capitaine Daniel. — Vers pour l'entrée d'Henri IV. — Anniversaire d'Adrien de Bréauté. — Entrée d'Henri II à Rouen. — La Parthénie. — L'Incarnacion de notre Sauveur. 2 vol. — Excidium Augi. — Les chastes Martyrs. — Rhétorique de P. Fabri. 1 vol. — Collection complète (sauf 3 plaquettes), avec les procès-verbaux des séances depuis l'origine, moins ceux des 31ᵉ. 33ᵉ et 34ᵉ réunions.

254. — Caractères et portraits littéraires du xvɪᵉ siècle, par Léon Feugère. *Paris*, 1859, 2 vol. in-12, br. — Essai sur la vie, les écrits et les lois de Michel de l'Hôpital, par Bernardi. — De la Magistrature en France. *Paris,* 1807. — Vie littéraire de Forbonais, par de l'Isle de Sales. *Paris*, 1801. — Eloge de Séguier, par J.-M. Portalis. *Paris*, 1801, 4 ouv. en 1 vol. in-8, dem.-rel. — Schœlcher. Vie de Toussaint-Louverture. *Paris*, 1889, in-12, br.— Ens. 4 vol.

255. — Mélanges. — 3 vol.

Libellus Apostolorum nationis Gallicane cum constitutione sacri Concilii Basilien. et arresto curie Parlamenti super annatis non solvendis. *Parisiis, J. Petit*, 1512, ɾet. in-4, dérel. — Hymni ecclesiastici præsertim qui Ambrosiani dicuntur multis in locis recogniti cum scholiis opportunis G. Cassandri. *Coloniæ*, 1556. pet. in-8. v. — De re hortensi libellus vulgaria herbarum, florum ac fruticum qui in hortis conseri solent, nomina latinis vocibus efferre docens (auctore Carolo Stephano). *Parisiis, Ant. Bonnemere*, 1536, pet. in-8, dérel.

HISTOIRE

I. — CHRONOLOGIE. — GÉOGRAPHIE. — VOYAGES.

256. — L'Art de vérifier les dates des faits historiques, des chartes, des chroniques et autres anc. monuments. dep. la naissance de N. Seigneur, par un religieux de la Congrégation de Saint-Maur, réimprimé et continué jusqu'à nos jours, par de

Saint–Allais. *Paris*, 1818-1819, 18 vol. in-8, dem.-
rel.

257. — Dictionnaire géographique universel, conten.
la descript. de tous les lieux du globe intéressans
sous le rapport de la géographie physique et politique, de l'histoire, de la statistique, du commerce,
de l'industrie, etc., par une Société de géographes.
Paris, 1823, 10 vol. in-8, dem.-rel. chagr. Lavall.

258. — Géographie universelle de Malte-Brun, illustrée par Gust. Doré. *Paris, s. d.*, gr. in-8, fig. et
cartes, dem.-rel., tr. marb. — La France illustrée, par Malte-Brun. *Paris*, 2 vol. gr. in-8, fig.,
br. (*Les titres et les cartes manquent*). — Ens.
3 vol.

259. — L'Univers pittoresque, histoire et description
de tous les peuples. *Paris*, 1839-1856, 50 vol. in-8,
cartes et fig. sur acier, dem.-rel. chag. vert, pl.
toile.

260. — Atlas national, avec un dictionnaire des com-
munes, par F. de la Brugère et J. Trousset. *Paris*,
1877, 2 vol. in-4, cartes, dem.-rel. chag. Lavall.,
pl. toile.

261. — Cartes et plans de villes (xviiie siècle). Lot de
46 pièces in-fol.

> Plans de Turin, Madrid, Strasbourg, Versailles, Vienne, Lunebourg,
> Rome, Porto, Venise, etc.

261 *bis*. — Nouv. Bibliothèque des voyages anciens
et modernes, conten. la relation complète ou ana-
lysée des voyages de Chr. Colomb, F. Cortez, Pi-
zarre. Anson, Byron, Bougainville, Cook, La Pey-
rouse, Bruce, etc. *Paris, s. d. (vers 1840)*, 12 vol.
in-8, cartes et 100 fig. sur acier, dem.-rel. v. fauve,
non rognés.

262.— Histoire universelle des voyages effectués par
mer et par terre dans les cinq parties du monde,
sur les divers points du globe, revus et trad. par
Alb. Montémont. *Paris, s. d. (vers 1845)*, 46 tom.

rel. en 23 vol. in-8, cartes et fig. color., dem.-rel. chag. Lavall.

263. — Itinéraire de Paris à Jérusalem, par Chateaubriand. *Paris*, 1859, in-8, fig. sur acier, dem.-rel. chag. bleu, pl. toile, tr. dor. — Le Paradis perdu de Milton, suivi d'un essai sur la littérature anglaise, par Chateaubriand. *Paris*. 1861, in-8, fig., dem.-rel. chag. bleu, pl. toile, tr. dor. — Ens. 2 vol.

264. — Voyage pittoresque en Hollande et en Belgique, par Edm. Texier, illustrations de Rouargue frères. *Paris, Morizot, s. d.*, gr. in-8, fig. sur acier noires et color., dem.-rel. chag. noir, pl. toile, tr. dor.

II. — HISTOIRE ANCIENNE. — HISTOIRE DE FRANCE.

265. — Salluste. Jules César, C. Velleius Paterculus et A. Florus. Œuvres complètes, avec la traduct. en franç., publ. par Nisard. *Paris*, 1850, gr. in-8, dem.-rel. chag. vert.

266. — Rome au siècle d'Auguste ou voyage d'un Gaulois à Rome à l'époque du règne d'Auguste et pendant une partie du règne de Tibère, par Ch. Dezobry. *Paris*, 1846, 4 vol. in 8, carte et fig. sur acier, br.

> Le grand plan manque.

267. — Notice de l'ancienne Gaule, tirée des monumens romains, par d'Anville. *Paris*, 1760, in-4, dem.-rel. (*La carte manque*). — Histoire des Gaulois et des conquêtes des Gaulois, dep. leur origine jusqu'à la fondation de la monarchie françoise, par Dom Jacq. Martin, continuée par Dom J. Fr. de Brezillac. *Paris*, 1780, 2 vol. in-4. dem.-rel. — Ens. 3 vol.

268. — Origines gauloises, celles des plus anciens

peuples de l'Europe, puisées dans leurs vraies sources, ou recherches sur la langue, l'origine et les antiquités des Celto-Bretons de l'Armorique, par le citoyen La Tour d'Auvergne-Corret. *Paris, an V*, in-8, dem.-rel.

269. — Histoire des Gaulois, dep. les temps les plus reculés jusqu'à l'entière soumission de la Gaule à la domination romaine, par Amédée Thierry. *Paris*, 1844, 3 vol. in-8, dem.-rel. chag. vert.

270. — La Religion des Gaulois, tirée des plus pures sources de l'antiquité, par le R. P. Dom *** (J. Martin). *Paris*, 1727, 2 vol. in-4, pl., cart., non rogné.

271. — Guide du Voyageur en France, conten. la statistique et la description complète des 86 départements, orné de 740 vignettes et portraits gravés sur acier et de 86 cartes de départements. *Paris, Didot*, 1838, 6 vol. in-8, dem.-rel. chag. vert.

272. — France. Annales historiques, par Ph. Le Bas. *Paris*, 1843, 2 vol. in-8, carte et fig. sur acier, dem.-rel. chag. noir, ébarbé. — Atlas de la géographie ancienne des Gaules, par le baron Walckenaer. *Paris*, 1839, in-4, br. — Vocabulaire des noms géographiques de la langue latine, par L. Quicherat. *Paris*, 1846, gr. in-8, br. — Ens. 4 vol.

273. — France. Annales historiques, par Ph. Le Bas. *Paris, Didot*, 1840, 2 vol. — Dictionnaire encyclopédique, par le même. *Paris*, 1847, 12 vol. — Ens. 14 vol. in-8, cartes et nomb. fig. sur acier, dem.-rel. chag. vert.

274. — Histoire de France, dep. les temps les plus reculés jusqu'en 1789, par Henri Martin. *Paris*, 1838-1854, 19 vol. in-8, fig. sur acier, br.

Première édition. — Les pp. 240 à 560 du tome XVI manquent dans l'exemplaire.

275. — Histoire de France, dep. les origines Gauloises jusqu'à nos jours, par Am. Gabourd. *Paris*, 1857-1862, 20 vol. in-8, br.

276. — L'Histoire de France, dep. les temps les plus reculés jusqu'en 1789, racontée à mes petits-enfants, par Guizot, illustrations par Alph. de Neuville et Philippoteaux. *Paris*, 1872-1874, 3 vol. gr. in-8, br. et en livraisons.

Premier tirage. — Les livraisons 45 et 79 manquent.

277. — La France chrétienne et monastique, par Peigné-Delacourt. 29 vues cavalières d'abbayes de la province de Reims, in-fol., en feuilles.

278. — Collection des Mémoires relat. à l'hist. de France, dep. la fondation de la monarchie jusqu'au XIIIe siècle, publ. par Guizot. *Paris*, 1823-1825, 31 vol. in-8, dem.-rel. chag. Laval.

279. — Histoire de la vie privée des François, dep. l'origine de la nation jusqu'à nos jours, par Le Grand d'Aussy, édition avec notes, corrections et additions, par J.-B.-B. de Roquefort. *Paris*, 1815, 3 vol. in-8, v. rac.

280. — Histoire de la Milice françoise et des changemens qui s'y sont faits dep. l'établissement de la Monarchie Françoise dans les Gaules jusqu'à la fin du règne de Louis le Grand, par le R. P. G. Daniel. *Amsterd.*, 1724, 2 vol. in-4, planches, v., fil.

281. — Histoire des Croisades, par Michaud, édit. augm. d'un appendice par Huillard-Bréholles. *Paris*, 1849, 4 vol. in-8, fig. sur acier, dem.-rel. chag. vert, tr. dor.

282. — Tristan le Voyageur ou la France au XIVe siècle, par de Marchangy. *Paris*, 1825, 6 tom. en 3 vol. in-8. dem.-rel. chag. Lavall.

283. — Etienne Marcel et le gouvernement de la bourgeoisie au XIVe siècle (1356-1358), par F.-T. Perrens. *Paris*, 1860, in-8, dem.-rel. maroq. Lavall., tête dor., ébarbé.

284. — Œuvres de Jean sire de Joinville, compren.:

l'histoire de S. Louis, le Credo et la lettre à Louis X, publ. par Nat. de Wailly. *Paris*, 1867, gr. in-8, fac-simile en chromo et fig., dem.-rel. maroq. bleu, tête dor., non rog. (*Lortic*).

285. — Jean sire de Joinville. Histoire de Saint-Louis, Credo et lettre à Louis X, texte original accompagné d'une traduct. par N. de Wailly. *Paris*, 1874, gr. in-8, fac-simile en chromo et en noir, br.

286. — Histoire de la vie, faicts héroïques et voyages de tres valleureux Prince Louys III, duc de Bourbon, arriere fils de Robert comte de Clermont en Beauvoisis, baron de Bourbon, fils de Sainct Louys, en laq. est comprins le discours des guerres des François contre les Anglois, Flamans, Affricains et autres nations, sous la conduite dudict Duc, imprimée sur le ms. trouvé en la bibliothèque de feu Papirius Masson Forésien (publié par J. Masson, archidiacre de Bayeux). *Paris*, 1612, in-8. v. bleu quadrillé, dent. sur les plats. (*Rel. anglaise*).

L'auteur de ce livre rare est un écrivain Picard du nom de Jean d'Oronville, dit Cabaret. — Exemplaire grand de marges, atteint de légères mouillures peu importantes.

287. — Histoire de Charles VII, roi de France et de son époque, 1403-1461, par Vallet de Viriville. *Paris*, 1862, 3 vol. in-8, dem.-rel. mar. rouge à nerfs, tête dor., non rog. (*Lortic*).

288. — Histoire de France. — 3 vol.

Traité histor. et chronolog. du sacre et couronnement des rois et des reines de France, par Menin, conseiller au Parlem. de Metz. *Paris*, 1723, in-12, front. gravé, v. — Hist. de Jeanne d'Arc, dite la Pucelle d'Orléans, par l'abbé Lenglet du Fresnoy. *Amster.*, 1775, 2 part. en 1 vol. in-12, dem.-rel. v. ant. — Biographie de la vie publique et privée de Louis-Philippe d'Orléans, ex-roi des Français, par L.-G. Michaud. *Paris*, 1849, in-8, dem.-rel.

289. — Les Mémoires de Messire Phil. de Commines, chevalier, seign. d'Argenton, sur les faits et gestes de Loys onziesme et de Charles huit. son fils, rois

de France. *Paris, Cl. Micard*, 1576, in-16, rel.
molle en vél. à recouv.

290. — Un manuscrit interpolé de la Chronique
scandaleuse, dissertation et extrait pour servir à
l'histoire du règne de Louis XI, par J. Quicherat.
Paris, 1857, in-8, portr. ajoutés, br. — Les six
couches de Marie de Médicis, racontées par Louise
Bourgeois, sa sage-femme, étude biograph., notes
et éclaircissem. par le doct. Ach. Chereau. *Paris*,
1875, in-18, pap. vergé, portr., br. — Mémoire
confidentiel adressé à Mazarin, par Gabr. Naudé,
après la mort de Richelieu, publ. par Alfr. Franklin. *Paris*, 1870, in-18, pap. vergé, br. — Ens.
3 vol.

291. — Recueil de diverses pièces, servans à l'histoire de Henry III, roy de France et de Pologne.
A Cologne, Pierre du Marteau, 1660, pet. in-12,
vél.

> Recueil curieux, incontestablement imprimé à Leyde, par Jean Elze-
> vier. Il comprend : 1° Journal du règne de Henri III (par Servin);
> 2° l'Alcandre (attrib. à la princesse de Conti) ; 3° le Divorce satyrique
> (par Palma-Cayet) ; 4° Confession de Sancy (par A. d'Aubigné).

292. — Histoire des guerres civiles de France sous
les règnes de François II, Charles IX, Henri III et
Henri IV, trad. de l'ital. de H. Caterin Davila,
avec notes critiques et histor., par l'abbé M*** (par
Grosley et l'abbé Mallet). *Amsterdam*, 1757, 3 vol.
in-4, vign. d'Eisen, gr. par Massard et Le Mire,
v. m.

> Bel exemplaire en GRAND PAPIER.

293. — Pièces historiques. — 3 pièces pet. in-8.

> Edict du Roy sur le faict de cent mille escus soleil de rente et re-
> venu annuel, prins sur les terres, heritages et biens patrimoniaux des
> eglises cathedrales, leurs chapitres, abbayes, priorez, commanderies,
> etc. *Lyon, J. Saugrain*, 1563, 16 p. (Remonté). — Remonstrances
> faictes par l'ambassadeur de la Grande-Bretagne au Roy. S. *l.*, 1615,
> 16 p. — Response du Roy faicte aux remonstrances présentées par le
> Sr Edmondes, ambassadeur du Roy de la Grande-Bretagne. S. *l.*, 1615,
> 12 pag.

294. — Journal inédit du règne de Henry IV, 1598-

1602, par Pierre de l'Estoile, publ. d'après le manuscrit de la Bibliothèque impér., par E. Halphen.
Paris, 1862, in-8, dem.-rel. maroq. br. à nerfs,
tête dor., ébarbé.

295. — Le Roy chez la Reine, ou histoire secrète du
mariage de Louis XIII et d'Anne d'Autriche, par
Armand Baschet. *Paris*, 1864, in-8, dem.-rel. maroq. Lavall. à nerfs, tête dor., non rog. (*Lortic*).

Première édition, publiée avec luxe, contenant quelques passages qui
furent supprimés plus tard. — Bel exemplaire.

296. — Pièces historiques. — 12 pièces pet. in-8.

Déclaration du roy, sur la prise des armes par aucuns de ses sujets
de la religion pretendue reformée. *Paris*, 1615, 16 p. — Lettre pré-
sentée au roy par le Sr du Buisson, au nom et par l'advis de ceux de la
Religion réformée touchant le voyage du roy. *S.l.*, 1615, 8 p. — Arrest
de la Cour de Parlem. touch. la souveraineté du roy au temporel, et
contre la pernicieuse doctrine d'attenter aux personnes sacrées des
roys. *S. l.*, 1615, 8 p. — Déclaration de M. le Prince envoyée au Roy.
S. l., 1615, 7 p. — Articles présentez au Roy par Mgr le prince de
Condé pour la paix, avec les deputez de l'assemblée de Nismes jointes
aux leurs. *Paris*, 1616, 7 p. — Déclaration du Roy sur la détention de
M. le Prince de Condé. *Lyon*, 1616, 14 p. — Lettre du Roy d'Angleterre à Mme la princesse de Condé. *S. l.*, 1617, 5 p. — Le prince ab-
solu. *Paris*, 1617, 24 p. — L'Eschiquier de la Cour (en vers). *S. l.*,
1617, 5 p. — Cantique de la paix et l'espérance qu'en doivent concevoir
tous les bons François (en vers). *S. l.*, 1616. 8 p. — Etc., etc.

297. — Pièces historiques (1615-1617). 11 pièces pet.
in-8, couv. pap.

Discours sur la réception du Concile de Trente en France. 1615. —
La vérité, la paix et la justice, au roy. 1615. — Plaintes de la France.
— Le Bon Navarrios (sic) aux pieds du roy. 1615. — Lettre du courrier
de l'autre monde arrivée en France. 1615. — Les terreurs paniques de
ceux qui pensent que l'Alliance d'Espagne doive mettre la guerre en
France. 1615. — Les regrets de Cendrin. 1615. — Les larmes de la
France à ses enfans mutinez. 1617. — Etc., etc.

298. — Pièces historiques, 1615-1617. 5 plaq. pet. in-8,
couv. pap.

Arrest de la Cour de Parlement du 2 janvier 1615 touchant la souveraineté du roy au temporel et contre la pernicieuse doctrine d'attenter
aux personnes sacrées des roys. *Paris*, 1615. — Edict du roy pour la
pacification des troubles de son royaume. 1616. — Ordonnance du roy
pour la pacification des troubles de son royaume. 1616. — Lettres patentes du roy pour la convocation de l'assemblée que Sa Majesté veut

estre tenue, à fin d'y resoudre ce qui est necessaire au bien de son Estat. 1617. — Déclaration du roy sur le subject des nouveaux remuemens de son royaume. 1617.

299. — Pièces historiques (1615-1630). 10 plaq. pet. in-8, couv. pap.

> Response à la harangue faite par l'illustr. cardinal **Du Perron**. 1615. — Déclaration du roy sur l'arrest fait de la personne de Mgr le prince de Condé. *Paris*, 1616. — L'Hermaphrodite de ce temps. — Remonstrance du clergé de France, faicte par Messire Philippe Cospeau, evesque d'Ayre. *Paris*. 1617. — Remonstrance au roy sur le faict de ses finances. 1627. — Le dessein de l'armée angloise descouvert. *Paris*, 1627. — La rencontre de l'ombre du duc de Savoye avéc celle du marquis de Spinolla en l'autre monde. *Jouxte la coppie imprimée à Fontenay par Pierre Petit-Jean*, 1630. — Les remonstrances faites l'an 1574 au feu roy Henri III par Mgr le duc de Nivernois. 1630. — Harangue de Mgr le prince, faite à l'ouverture des Estats de Bretagne. 1630. — Response au manifeste de M. le duc de Savoye.

300. — Briefve confutation du cardinal Du Perron sur la harangue par luy prononcée aux Estats derniers. *Imprimé à Monbeliar par Nicolas de la Londe*, 1616, pet. in-8, 18 p. — Le Paranymphe de Mgr le duc de Longueville sur les heureux auspices de son mariage. *Paris*, 1617, pet. in-8, 14 p. (*Piq. de vers*). — Ens. 2 plaq.

301. — Les Veritez françoises opposées aux calomnies espagnolles, ou réfutation des impostures contenuës en la déclaration imprimée à Bruxelles sous le nom du cardinal Infant, par un gentil-homme de Picardie (de Binville). *A Beauvais*, 1636, in-8, vél.

> Cachet armorié de la bibliothèque des Feuillants de Paris sur les plats. — Bel exemplaire.

302. — Histoire de France sous Louis XIII et sous le ministère du cardinal Mazarin, par A. Bazin. *Paris*, 1846, 4 vol. in-12, br.

303. — Mazarinades. Recueil de 124 pièces relatives à la guerre de la Fronde (1648-1649), en 2 vol. in-4, dem.-rel., ABSOLUMENT NON ROGNÉS.

304. — Mazarinades. Recueil de 208 pièces sur la

guerre de la Fronde (1648-1649), en 3 vol. in-4, portr. gr. par Moncornet, rel. en vélin.

305. — Recueil de pièces intéressantes pour servir à l'histoire des règnes de Louis XIII et de Louis XIV (par Benj. de La Borde). *Londres (Paris)*, 1781, in-12, br., non rog.

> Volume peu commun qui contient : 1º Pièces du procès de Henri de Tallerand, comte de Chalais, décapité en 1626 ; 2º Lettres de Marion de Lorme aux auteurs du Journal de Paris. — Il est orné de 8 jolis portraits.

306. — Mémoires sur la vie publique et privée de Fouquet, surintendant des finances, d'après ses lettres et des pièces inédites, par A. Chéruel. *Paris*, 1862, 2 vol. in-8, dem.-rel. maroq. bleu, tête dor., non rog. (*Lortic*).

307. -- Portrait de feu Monseigneur le Dauphin (par J. Cerutti et de Quélen). *A Paris (Lottin)*, 1766, in-8, br., non rog.

> 1 frontispice, 2 vignettes et 1 cul-de-lampe dessinés par Cochin, gr. par Miger et Lempereur.

308. — Révolution française. 5 pièces imprimées et manuscrites.

> Enrôlement pour la défense de la patrie. 22 juillet 1792. — Lettres autogr. de Borel et Hamel concernant la démolition de l'abbaye St-Paul près Beauvais. — Carte de sûreté. — Billet de 5 sols.

309. — Histoire de la Révolution française, par A. Thiers. *Paris*, 1870, 10 vol. in-8, fig. sur acier, br. et atlas, cart.

310. — Histoire de la Révolution française, par Poujoulat. *Tours, Mame*, 1857, in-8, portr. et fig. sur acier d'après H. Bellangé, dem.-rel. chagr. bleu, pl. toile, tr. dor.

311. — Histoire des Girondins, par A. de Lamartine. *Paris, Furne*, 1847, 8 vol. in-8, portr. sur acier, dem.-rel. chagr. vert.

III. — HISTOIRE DE PARIS ET DES ANCIENNES PROVINCES DE FRANCE.

312. — Statistique monumentale de Paris, par Albert Lenoir. *Paris, Imprimerie Impér.*, 1867, in-4, pap. vergé, cart., non rog., et atlas gr. in-fol. de planches gravées sur cuivre et lithographiées en noir et en chromos, dans un carton.

313. — L'Hôtel de Beauvais (rue Saint-Antoine), esquisse historique, par Jules Cousin. *Paris,* 1865, in-8, pap. verge, eaux-fortes et figures, maroq. rouge, fil., tête dor., ébarbé.

314. — H. Taine. Notes sur Paris. Vie et opinions de Frédéric-Thomas Graindorge. *Paris,* 1867, pet. in-8, dem.-rel., chagr. Lavall. à nerfs. (*Première édition*). — Notes sur l'Angleterre. *Paris,* 1872, in-12, br. — Voyage en Italie. *Paris,* 1874, 2 vol. in-12, br. — Ens. 4 vol.

315. — Environs de Paris. 3 vol.

Le Petit-Trianon, histoire et description, par Gustave Desjardins. *Versailles, L. Bernard,* 1885, gr. in-8, chromos et photogravures hors texte, br. — Le Trésor de l'abbaye roy. de St-Denys. *Paris,* 1720, 3 part. en 1 vol. in-12, plans, cart. — Monographie de l'église royale de S.-Denis, tombeaux et fig. historiques, par de Guilhermy. *Paris,* 1848, in-12, br.

316. — Description histor. de l'église cathédrale de N.-D. de Chartres, par A.-P.-M. Gilbert. *Chartres,* 1824, in-8, dem.-rel.

Avec 4 très jolies figures de Sergent, graveur chartrain. datées de 1782. — Dans le même vol. : Notice historique et descriptive de l'église cathédrale de S.-Pierre de Beauvais, par A.-P.-M. Gilbert. *Beauvais,* 1829 fig. — Notice histor et descript. de la cathédrale de Châlons-sur-Marne, par l'abbé Estrayers-Cabassolle. *Châlons,* 1842, fig. — Etc.

317. — Histoire de Chartres et de l'ancien pays chartrain, avec une description statist. du départem. d'Eure-et-Loir, par V. Chevard. *Chartres, an X,* 2 vol. in-8, dem.-rel. — Mémoires de la So-

ciété archéolog. de Touraine (tome XXI, conten. les origines de l'église de Tours, par l'abbé Chevalier, et St-Gatien et sa mission dans les Gaules, par Jehan de St-Clavien). *Tours*, 1871, gr. in-8, dem.-rel., v. f.

318. — Recherches histor. sur la fondation de l'église de Chartres et des églises de Sens, de Troyes et d'Orléans, par l'abbé A.-C. Hénault. *Chartres*, 1884, in-8, fig., br. — Supplém. aux Recherches histor., etc. *Chartres*, 1885, br. in-8. — Le Livre des Miracles de Notre-Dame de Chartres, écrit en vers, au XIIIᵉ siècle, par Jehan Le Marchant, publié pour la prem. fois avec préface, glossaire et notes, par G. Duplessis. *Chartres*, 1855, in-8, pap. vergé, fig. en chromolith., br. — Ens. 2 vol.

319. — Essais histor. sur Orléans (par Beauvais de Préau). *Orléans, Couret de Villeneuve*, 1778, in-8, beau portr. de Jeanne d'Arc gr. par Le Mire ajouté. v. m. (*Bel exemplaire*). — Histoire architecturale de la ville d'Orléans, par de Buzonnière. *Orléans*, 1849. 2 vol. in-8, br. — Ens. 3 vol.

320. — Eloge histor. et religieux de Jeanne d'Arc, par l'abbé Feutrier. *Orléans*, 1821. in-8, pap. vél., br. — Nouv. recherches sur la famille et sur le nom de Jeanne Darc, par A. Vallet de Viriville. *Paris*, 1854, br. in-8. — Siège d'Orléans en 1429. Mémoire sur les dépenses faites par les Orléanais, publ. par Vergnaud-Romagnési. *Paris*, 1861, br. in-8, pap. vergé. — Notice histor. et descript. sur l'anc. hôtel-de-ville, le beffroi et la grosse horloge de Rouen, par E. de la Quérière. *Rouen*, 1864, in-4, pl., br. — Ens. 4 vol.

321. — Le Château de Chambord, par L. de la Saussaye. *Lyon, L. Perrin*, 1859. in-8, front. à l'eau-forte par L. Gaucherel, maroq. brun, fil. à froid, tête dor., ébarbé.

322. — L'Histoire et Cronique de Normandie (par

J. Nagerel). *Rouen, Mart. le Mesgissier*, 1589, 2 part. en 1 vol. in-8, vél.

Edition rare. — Exemplaire avec le curieux plan de Rouen gravé sur bois ; celui de la Normandie manque. — Piqûre à quelques feuillets.

323. — Eglise de l'abbaye royale de St-Ouen de Rouen, veue du costé du midy. *Toutain, del., Audran sculps.* — Jubé de l'église de St-Ouen. — Perspective du dedans de l'église de St-Ouen de Rouen. *Toutain, del., David sculps.* — Portail de l'église de S.-Ouen. *R. Harel fecit.* — 4 gravures gr. in-fol. à toutes marges.

324. — Histoire civile et ecclésiastique du comté d'Evreux, où l'on voit tout ce qui s'est passé depuis la fondation de la monarchie (par Phil. Le Brasseur). *Paris*, 1722, 3 part. en 1 vol. in-4, pl., v. m.

325. — Histoire de l'abbaye royale de Jumièges, par C.-A. Deshayes. *Rouen*, 1829, in-8, pl. gr. par Langlois, dem.-rel. maroq. Lavall., ébarbé. — Notice sur le tombeau des Enervés de Jumièges et sur quelq. décorations singulières des églises de cette abbaye, av. figures par E.-H. Langlois. *Rouen*, 1825, in-8, pl., dem.-rel. maroq. Lavall., ébarbé. — Ens. 2 vol.

326. — Histoire des rois d'Yvetot, par A. Labutte. *Paris*, 1871, in-18, pap. vergé, br. — Descript. histor. des maisons de Rouen, par E. de la Quérière. *Rouen*, 1841, in-8, pl., dem.-rel. v., tr. marbr. (Tome II seul). — Ens. 2 vol.

327. — Normandie. 4 vol. ou plaq.

Essais historiques et anecdotiques sur l'ancien comté, les comtes et la ville d'Evreux, par Masson de St-Amand. *Evreux*, 1813, in-8, dem.-rel. chagr. r. — Mémoire pour Louis Lefebvre, huissier résident à Gisors, contre Mᵉ Cosme-Eloy Lemercier, avocat à Gisors, et Pierre Potar, laboureur à Hebécourt en Normandie. *Paris, Delaguette*, 1774, in-4 de 20 p. — Mémoire pour Marie-Anne Le Battois, du bourg d'Yvetot, contre Louis Quevremont de la Motte, fermier et receveur de la principauté d'Yvetot. *Paris, Prault*, 1774, in-4 de 76 p. — Mémoire pour J.-B. Talibon, commissaire de police à Bernay, contre Mᵉ Bourgoin, huissier au Châtelet de Paris. *Paris, Chenaut*, 1772, in-4, 21 p.

328. — Société de l'histoire de Normandie. *Rouen,* 1889-1891, 5 vol. in-8, pap. vergé, br.

Documents relatifs à la marine marchande. — Comptes rendus des échevins de Rouen. — Œuvres de Rob. Blondel, t. I. — Mélanges (1re série).

329. — Bulletin de la Société de l'histoire de Normandie. Années 1870-1891. *Rouen,* 6 vol. in-8, en feuilles.

Ce numéro pourra être joint au précédent.

330. — Normandie. Lot de 55 planches de vues, noires et coloriées, gravées et lithographiées.

331. — Voyages pittoresques et romantiques dans l'ancienne France (Picardie), par J. Taylor, Ch. Nodier et Alph. de Cailleux. *Paris.* 1835, 3 vol. in-fol., nombr. fig. en feuilles, dans deux cartons.

Il manque 51 feuilles de texte et nous avons 204 planches seulement.

332. — Album du département de l'Oise. Lot de 41 pl. gravées par Naudet, en feuilles.

333. — Le Camp de Catenoy (Oise), station de l'homme à l'époque de la pierre polie, par N. Ponthieux. *Beauvais,* 1873, in-8, pl., en feuilles. — Dissertation sur l'étendue du Belgium et sur l'anc. Picardie, par l'abbé Carlier. *Amiens,* 1753, in-12, dem.-rel. maroq. Lavall. — Ens. 2 vol.

334. — Une Cité picarde au moyen-âge ou Noyon et le Noyonnais aux xive et xve siècles, par de la Fons, baron de Mélicocq. *Noyon,* 1841, in-8, br. — Gisors et ses environs, par Gédéon Dubreuil. *Paris,* 1857, in-8, pl., dem.-rel. maroq. Lavall., ébarbé. — Mémoires de la Société académique de l'Oise. Tome X (3e partie) et t. XIV. *Beauvais,* 1879-1890, 3 vol. gr. in-8, br. — Ens. 5 vol.

335. — Histoire de la cathédrale de Beauvais, par Gust. Desjardins. *Beauvais,* 1865, in-4, figures, maroq. Lavall., comp. de fil. à froid sur les plats, tête dor., ébarbé.

336. — Description histor. de l'église et des ruines du

château de Folleville (Somme), par Ch. Bazin. *Amiens*, 1849, gr. in-8, pl., maroq. Lavall., fil., tête dor , non rog.

337. — Histoire de la ville de Laon, par J.-F.-L. Devisme. *Laon*, 182?, 2 vol. in-8, fig., v. rac.

338. — Picardie. 4 pièces pet. in-8, couv. en pap.

Le Courrier picard. *S. l., n. d.* (*vers* 1614). — Lettre de Jacques Bonhomme, paysan de Beauvoisis. à Mgrs les princes retirez de la Cour. *Paris*. 1614. — Conjouissance de Jacques Bonhomme, paysan de Beauvoisis, avec Mgrs les princes reconciliés. 1614. — Response du Crocheteur de la Samaritaine à Jacques Bonhomme. *Paris*, 1614.

339. — Sarcus, département de l'Oise. *Paris, s. d.* (*vers* 1864), in-4, planches, dem.-rel., mar. rouge, tête dor., ébarbé.

Belle publication, qui n'a pas été mise dans le commerce.

340. — Colo-Pierrot kiot bite, dit ch' gouailleux, m'neu d'Bergneux de ch'. Don, rue des Bondes, à Amiens. A ch' l'obrieux d'Evêque Gueuvernon. comm'-y-serre sans entrailles deu chi département del Somme à Amiens. *S. l., n. d.* (*vers* 1792), br. in-8.

Facétie révolutionnaire en patois picard. — Très rare. — Taches.

341. — Picardie. 6 vol. ou plaquettes.

Histoire de Saint-Just-en-Chaussée, par le chanoine L. Pihan. *Beauvais*, 1885. in-8, fig., br. — Mémoire signifié pour Mme la duchesse de Mazarin contre M. de Fremont d'Auneuil, le marquis de Charleval et Mme de Chavaudon de Montmagny, possesseurs de la terre de Dercy en Vermandois. 1772, 2 pl. in-4. — Mémoire pour André Larchez et autres, vignerons à Pontoise, contre Noël. fermier du don gratuit de la ville. 1773, in-4. — Précis signifié pour Marie-Magdeleine Leblanc contre Jean-Théodore Billot. 1774. 2 pl. in-4.

342. — Picardie. 5 vol. et broch. in-8.

Histoire de Chantilly depuis le xe siècle jusqu'à nos jours, par l'abbé Fauquemprez. *Senlis*, 1840. — Histoire de Breteuil faite en l'année 1821, par Pierre Mouret, pépiniériste. — La Ligue, documents relatifs à la Picardie, par A. Dubois. *Amiens*, 1859. — Les Normands dans le Noyonnais par Peigné-Delacourt. *Noyon*. 1862, fig. — Jean-Juvénal des Ursins. évêque de Beauvais, historien de Charles VI. étude sur sa vie et ses œuvres. par l'abbé P.-L. Pécheuard. *Paris*. 1876, pl.

343. — Picardie. 3 vol.

Henri IV peint par lui-même dans deux discours de ce prince : l'un à l'Assemblée de Rouen, en 1596 ; l'autre aux députés de la ville de Beauvais en 1594. *Paris. imprim. de Monsieur*, 1787, in-8, pap. vélin, dem.-rel. (*Exemplaire du roi Louis-Philippe*). — Voyage dans le dép. de l'Oise, par Lavallée. *Paris,* 1792. br. in-8 avec carte et fig. — Généalogie de la maison de Sarcus, par Lainé. *Paris,* 1846, in-8, pl., dem.-rel. mar. Lavall., tête dor., ébarbé.

344. — Mémoires de la Société des antiquaires de la Picardie. Tomes III à XI. *Amiens,* 1855-1888, 9 vol. in-4 et 1 vol. de planches ; les tomes III et IV, cart. ébarbés ; le restant broché ; le vol. de planches prêt pour la reliure.

345. — Bulletins de la Société des Antiquaires de Picardie. *Amiens,* 1859-1891, in-8, 3 vol. en dem.-rel. chagr. vert, à nerfs, tête rouge, ébarbé, et le restant en feuilles.

Manque la fin de la table du tome IX.

346. — Picardie. Lot de 48 planches de vues, noires et coloriées, en feuilles.

347. — Histoire provinciale. 3 vol.

Histoire et antiquitez du diocèse de Beauvais (par Louvet). *Beauvais,* 1635, in-8, vél. (*Tome II*). — Supplément à l'histoire de Beauvaisis, avec le Nobiliaire et les additions par Simon. In-12, cart. (Incomplet). — Taillepied. Antiquitez de la ville de Rouen. *Rouen,* 1610, in-12, vél. (*Manque le titre*).

348. — Cambrésis et Artois. Un vol. in-12 et 16 plaq. in-4.

Ordonnance rendue par les président et députés ordinaires des Etats-Généraux de Cambrai et du Cambrésis portant règlement pour la régie de la ferme à la Braie. *Cambrai,* 1771, in-18. v. m. — Réponse des officiers du Conseil provincial d'Artois aux mémoires fournis par les Etats de la province. 1749, in-4. — Réplique des prévôt et échevins de Cambrai contre l'archevêque de cette ville. 1772. — Règlement concernant les orphelines de Cambrai. 1779. — Etc., etc.

349. — Recherches pour servir à l'hist. de l'abbaye de St-Vaast d'Arras jusqu'à la fin du XIIe siècle, par Tailliar. *Arras,* 1859, in-8, dem.-rel. maroq. Lavall., non rog.

350. — Statistique du département du Nord, par Dieudonné. *Douai,* 1804, 3 vol. in-8, dem.-rel. — Histoire de Bouchain, par le P. Petit. *Douai,* 1861, in-8, plan et portr., br. — Ens. 4 vol.

351. — Champagne, Bourgogne. Lot de 37 planches

de vues, plans, etc., noires et coloriées, de tous formats, en feuilles.

352. — Portefeuille archéologique de la Champagne, par A. Gaussen. *Bar-sur-Aube*, 1861, in-4, en feuilles.

> Texte de 12 chapitres et 82 pl. coloriées.

353. — Mémoires de la Société de statistique, sciences, lettres et arts des Deux-Sèvres. *Niort*, 1878, in-8, br. — Hymne sur La Rochelle, par Alex. de Pontaymery, poète du XVIe siècle, avec notice prélimin. et notes par P. Gaudin. *La Rochelle*, 1875, pet. in-8, pap. vergé, br. — Essai sur le cartulaire de l'abbaye de Conques en Rouergue, par G. Desjardins. *Paris*, 1872, br. in-8. — Ens. 3 vol.

354. — Origines de l'église de Poitiers, par le R. P. dom Fr. Chamard. *Poitiers*, 1874, in 8, br. — Cathédrale de Limoges, histoire et description, par l'abbé Arbellot. *Paris*, 1883, gr. in-8, br. — Ens. 2 vol.

355. — Poitou et Vendée, études historiques par B. Fillon et O. de Rochebrune. *Fontenay-le-Comte*, 1861-1864, in-4, pap. vergé, 82 eaux-fortes, en feuilles, br.

356. — Bretagne. 3 vol.

> Hist. critique de l'établissement des Bretons dans les Gaules et de leur dépendance des rois de France et des ducs de Normandie, par de Vertot. *Paris*, 1730, 2 vol. in-12, v. — Recherches histor. sur la Bretagne, d'après ses monuments anciens et modernes, par Maudet de Penhouët. 1re partie. *Nantes*. 1814, in-4, fig., dem.-rel.

357. — Essai sur l'histoire, la langue et les institutions de la Bretagne armoricaine, par Aurél. de Courson. *Paris*, 1840, in-8, dem.-rel. veau, tr. marbr. — La légende celtique et la poésie des cloîtres en Irlande, en Cambrie et en Bretagne, par Hersart de la Villemarqué. *Paris*, 1864, in-12, br. — Ens. 2 vol.

358. — Histoire ecclésiastique et civile de Bretagne, par dom P.-H. Morice, contin. par dom Charles

Taillandier. *Guingamp*, 1835, 20 vol. in-8. dem.-rel. chagr. Lavall.

> Bel exemplaire. — La carte et les planches annoncées sur le titre ne s'y trouvent pas.

359. — Dictionnaire histor. et géograph. de la province de Bretagne, par Ogée, édition revue et augm. par A. Marteville et P. Varin. *Rennes*, 1843, 2 vol. gr. in-8, dem.-rel. chagr. viol.

360. — Histoire de Bretagne, par Daru. *Paris*, 1826, 3 vol. in-8, dem.-rel.

361. — Histoire de la Petite-Bretagne ou Bretagne Armorique, dep. ses premiers habitans connus, par F. G. P. B. Manet. *Saint-Malo*, 1834, 2 vol. in-8, portr. et pl., dem.-rel. chagr. Lavall.

362. — Histoire des rois et des ducs de Bretagne, par de Roujoux. *Paris*, 1839, 4 vol. in-8, dem.-rel. chagr. vert.

363. — Bretagne. 4 vol. ou plaq.

> Guide pittoresque du voyageur en France. Normandie et Bretagne. *Paris*, 1834, in-8, cartes et fig., dem.-rel. chagr. noir. — Corps d'observation de la Société d'agriculture, de commerce et des arts, établie par les Etats de Bretagne. *Paris*, 1772, in-8, v. m. (*Aux armes de Bretagne*). — Remontrances du Parlement de Bretagne concern. l'établissement d'un nouveau vingtième. 1756, br. in-8. — Annales armoricaines ou hist. physique, civile et ecclésiastique du département des Côtes-du-Nord, par Ch. Le Maout. *St-Brieuc*, 1846, in-12, br.

364. — Bretagne et Vendée, histoire de la Révolution française dans l'Ouest, par Pitre-Chevalier, illustrée par A. Leleux, O. Penguilly, T. Johannot. *Paris*, s. d. (1845), gr. in-8, fig. en noir et color., dem.-rel. chagr. rouge, avec coins, dos orné à nerfs, fil., non rogné.

> Bel exemplaire DE PREMIER TIRAGE, avec la couverture illustrée onservée.

365. — Histoire des ducs de Bourgogne de la maison de Valois, 1364-1477, par de Barante. *Paris*, 1839, 12 vol. in-8, fig. sur bois tirées sur chine, cartes, dem.-rel. chagr. r.

> Bel exemplaire.

366. — Bourgogne. 4 vol. et plaq.

Mandement de Mgr l'évêque d'Auxerre qui ordonne des prières pour le repos de l'âme de N. S. P le pape Clément XI *Auxerre*, 1721, in-4, couv. pap. — Recueil des mandements de Mgr l'évêque d'Auxerre depuis 1744. *Auxerre*, 1745. in-12. v. m. — Mémoires géographiques sur quelques antiquités de la Gaule, par Pasumot. *Paris*, 1765, in-12, cartes, br., non rog. — Etat par ordre alphabétique des villes. bourgs et villages du comté de Bourgogne, par J. Querret. *Paris*, 1748. in-br., non rog.

367. — Les Mémoires historiques de la Rép. Séquanoise et des princes de la Franche-Comté de Bourgongne, par Lois Gollut. *A Dole, Ant. Dominique*, 1592, in-fol., v.

Aux armes de Jac.-Aug. de Thou et de Marie de Brabançon. sa femme. — Raccommodage au titre ; un des plats est un peu cassé dans le mors de la reliure.

368. — Almanachs du Parlement de Bourgogne. *Dijon*, 1776-1790, 15 vol. in-18, couv. pap.

369. — Franche-Comté et Auvergne. 3 vol. ou plaq.

Hist. des Druides et particulièrement de ceux de la Calédonie, suivi de recherches sur les antiquités celtiques et romaines de Poligny et de St-Claude, par David de St-Georges. *Arbois*, 1845. dem.-rel. chagr. bleu. — Mémoire pour le sieur Thierry contre la d^{lle} de la Chaize. In-4. 12 p. — Mémoire pour Ligier Gibergues, curé de la paroisse de Montmorin, en Auvergne. 1773, in-4, 34 p.

370. — Dauphiné, Lyonnais, Forez, Bresse. 9 vol. et plaq. in-12, in-8 et in-4, rel. et broch.

Ordonnances synodales du diocèse de Grenoble. *Paris*, 1690. in-12, portr. du cardinal Lecamus. v. j. — Histoire et description de l'église royale de Brou, par le R. P. Pacifique Rousselet. *Bourg*, 1826, in-12, fig., br.— Almanach historique de la ville de Lyon. *Lyon*, 1776 et 1792, 2 vol. in-8, rel. et br. — A MM. les officiers de la ville de Lyon. 1789, br. in-8.

371. — Guienne, Béarn, Aunis et Poitou. — 6 pièces in-8.

Arrest de la Cour de Parl. de Paris contre Jacqueline le Voyer, dicte de Coman. *Bourdeaus, Millanges*, 1615. — Arrests du Parl. de Béarn pour se venir conjouïr de l'heureux mariage du Roy. *Tolose, Colomiez*, 1615. — Lettres patentes du roy portant deffences aux maire, etc., de La Rochelle, de recevoir ni admettre l'assemblée convoquée en lad. ville par ceux de la relig on prét. et réformée. *Aix, J. Thomas*, 1620 (2 ex.) — Lettres patentes par lesq le siège présidial de La Rochelle est transféré à Marans. *Aix*, 1621. — Déclaration du roy portant establissement de la Cour des Grands Jours à Poitiers. *Aix*, 1634.

4

372. — **Lyonnais et Dauphiné.** — 17 pièces de divers formats (1568-1790).

> Edict du roy contenant interdiction de tout presche, et exercice d'autre religion que de la catholique. *Lyon*, 1568. — Déclaration du roy sur son édict de surhaussement des monnoyes. *Lyon*, 1602.— Le règlement faict par le roi en son conseil le 23 sept. 1608. *Tournon, Guil. Linocier*, 1609. — Articles accordez par le roy pour le soulagement du peuple. *Vienne, J. Poyet*, 1615. — Etc.

373. — **Languedoc.** — 8 pièces pet. in-8.

> Lettres patentes du roy sur le transport du siège présidial de Nismes à Beaucaire. *Aix, J Tolosan*, 1613. — Arrest de la Cour de Parl. de Tolose contre le duc de Rohan. *Aix*, 1628. — Edit cont. le règlement des estats-generaux de Languedoc. *Béziers, Martel*, 1632. — Arrest sur le règlement des monnoyes. *Montpellier, J. Pech*, 1633. — Etc.. etc.

374. — **Provinces de France.** Lot de 33 planches gravées et lithographiées en noir et en couleurs, de tous formats.

> Languedoc et Pyrénées. 18 pl. — Bretagne. Maine. etc., 15 planches.

375. — **Aix,** 18 pièces et brochures diverses (1621-1880).

> Lettres patentes du roy sur l'establissement des Jésuites à Aix. *Aix*. 1621. — Manifeste de la ville d'Aix sur les mouvements de cette province. 1648.— Edict du roy portant abolition de tout ce qui s'est passé à Aix depuis le lundy-gras 1648 au 20 janv. 1649. *Aix*, 1649. — Second mémoire pour le collège des notaires d'Aix. 1789. — Vers en langue provençale sur les jeux de la Fête-Dieu, par Croze-Magnan. *Aix*, 1831. — Etc., etc.

376. — **Théapante ou le rencontre des Dieux,** en l'entrée de M. le marquis de Saint-Chamond, lieutenant général pour S. M. au païs de Provence, dans la ville d'Aix, le 10 novembre 1634. *Aix, Est. David*, 1635, in-4, cart. (*Court de marges*).

377. — **Provence.** Lot de 142 pièces : arrêts, édits, lettres patentes, etc., imprimées à Aix pendant le XVIIe siècle.

378. — **Abrégé des délibérations prises en l'assemblée générale des Communautez du pays de Provence.** *Aix*, 58 vol. in 4, dérel.

> Années 1656-75-77-79-80-82-84-85-86-87-88-90-91-92-93-95-96-97-99-1700-1-2-18-22-24-28-30-31-33-35-39-40-41-42-43-44-45-47-49-54-58-62-64-65-66-68-70-76-77-82-84.

379. — Provence. Lot de 110 pièces : lettres-patentes, édits, déclarations, arrêts, etc., imprimés à Aix au xviiie siècle.

380. — Provence. 19 brochures de divers formats.

Epître à Zulmé, par Morel, d'Aix. *Paris*, 1788. — Lettres inédites de Voltaire à Vauvenargues. *Aix*, 1873. — Babali, nouvello prouvençalo. *Avignoun*, 1890. — Les manuscrits et les livres annotés de Peiresc, par Omont. *Toulouse*. 1889. — La Chartreuse de Valbonne, par Brugnier-Roure. *Tours*. 1889. — Mireur. Un avocat prévenu de luthéranisme au xvie siècle. *Draguignan*, 1889. — Etc., etc.

381. — Discours prononcés au Parlement de Provence, par Messire Gaspard de Gueidan, avocat général. *Paris*, 1739, 5 vol. in-12, v. m. — Almanach historique de Marseille, pour 1790. In-18, v. m. — Ens. 6 vol.

382. — Nouv. voyage pittoresque de la France. *Paris*, 1817, in-8, fig. sur acier, br. (*Les 9 livr. relatives à la Provence*). — Considérations stratégiques sur le goulet, la rade, les fortifications de Toulon, par Lasnaveres. *Paris*, 1861, gr. in-8, dem.-rel. maroq., tr. ébarb.

383. — Histoire des Thermes d'Aix en Provence, par M. Pierre-Joseph de Haitze. 1706, in-12, dem.-rel.

Copie très soignée du manuscrit de l'auteur conservé à la Bibliothèque de Marseille.

384. — Marseille. Lot de 29 pièces ou brochures de divers formats (1611-1884).

Arrest de la Cour de Parl. de Provence portant condemnation à mort contre Louis Gaufridy, prestre de Marseille, convaincu de magie. *Aix*, 1611. — Déclaration du roy pour la tenue des grands jours de Marseille. *Aix*, 1623. — Arrest du conseil privé du roy sur l'assassinat du chevalier d'Albert. 1642. — Discours pron dans l'Acad franç. le 19 sept. 1726 à la réception des députés de l'Acad. de Marseille. *Paris*, 1726. — Plan d'administration d'un dépôt de mendicité pour la ville de Marseille. *Marseille*, 1790. — Etc., etc.

385. — Provence. 2 vol.

Relation de la peste dont la ville de Toulon fut affligée en 1721, par d'Antrechaus, premier cousul. *Paris*, 1756, in-12, v. m. — Explication des cérémonies de la Fête-Dieu d'Aix en Provence (par les frères Grégoire). *Aix*. 1777, in-12, fig., dem.-rel. v. fauve, non rogné.

386. — Basses-Alpes. 19 pièces ou brochures de divers formats (1623-1880).

> Lettres patentes du roy en faveur des habitans des Homergues. *Aix*, 1623. — Lettres pat. du roy qui confirment la suppression de la prévôté de Chardavon. 1784. — Lettres pat. qui ord. l'élection des officiers municipaux de Manosque. 1784. — Lettre de Mgr l'évêque de Digne à M. de Villeneuve, curé de Valençole. 1791. — Etc.

387. — Histoire ecclésiastique et civile de Lorraine, avec les pièces justificatives à la fin, par le R. P. Dom Augustin Calmet. *Nancy*, 1728, 3 vol. in-fol., cartes et planches, maroq. rouge, dent. sur les plats, dos orné, tr. dor.

> Exemplaire de dédicace aux armes du duc Charles de Lorraine. La dentelle est composée de fers alternés aux armes du prince et de la croix de Lorraine. — La reliure a quelques mouillures.

388. — Bibliothèque Lorraine, ou hist. des hommes illustres qui ont fleuri en Lorraine, dans les trois évêchés, dans l'archevêché de Trèves, dans le duché de Luxembourg, etc., par le R. P. Dom Calmet, abbé de Senones. *Nancy*, 1751, in-fol., cart., non rogné.

389. — Alsace et Lorraine. 5 vol. et plaq. in-12 et in-4.

> Strasburger Munster und Thum-Buchlein, von D. Georg Heinrich Behr. *Strasburg*, 1744, in-12, pl., cart. — Almanach de la cour royale de Nancy pour 1818, in-12, v. rac. — Déclaration du roy portant que les conseillers du Parlement de Metz qui feront profession de la religion prétendue Réformée ne pourront estre raporteurs d'aucune cause où les ecclésiastiques auront interest. 1685, in-4. — Etc.

390. — Mélanges historiques. 9 vol. différ. formats, rel. ou broch.

> Leçons synchroniques d'histoire générale en colonnes synoptiques, par L. Gaudeau. *Blois*, 1840, 3 vol. gr. in-8, cart., non rog — Charlemagne, par Capefigue. *Paris*, 1842, 2 vol. in-8, br. — Diverses pièces pour la défense de la Royne-Mère, par Math. de Morgues. *S. l. (Anvers)*, 1637, in-fol., front. gravé, v. f., fil. (*Piqûre de vers à qq. ff.*). — Hist. de l'abbaye de St-Polycarpe (par l'abbé Regnault). *S. l. (Auxerre)*, 1779, in-12, fig., v. — Hist. des antiquités de Nismes, par Ménard, édit. rev. par Perrot. *Nismes*, 1829, in-8, pl., br. — Lipsii Saturnalia seu de gladiatoribus et de amphitheatro. *Antuerpiæ, offic. Plantiniana*, 1685, 3 part. en un vol. in-4, nombr. fig., v., til.

391. — Recherches sur le lieu de la bataille d'Attila

en 451, par Peigné-Delacourt. *Paris et Troyes*, 1860-1866, 2 br. in-4, avec carte et pl. color. — Notice sur les silex taillés des temps antéhistoriques, par J. Garnier. *Amiens*, 1862, br. in-8. — Promenades au musée de Saint-Germain, par G. de Mortillet. *Paris*, 1869, in-fol., fig., br. — Ens. 4 vol.

IV. — HISTOIRE ÉTRANGÈRE.

392. — Description de la Gaule-Belgique selon les trois âges de l'histoire, l'ancien, le moyen et le moderne, par le P. Ch. Wastelain. *Lille*, 1761, in-4, cartes, dem.-rel. chagr. n.

393. — Histoire de Tournay en IV livres des chroniques, annales, ou démonstrations du Christianisme de l'évesché de Tournay, par Mre Jean Cousin, Tournésien. *Douay, Marc Wyon*, 1619-1620, 4 vol. in-4, portraits, maroq. rouge, fil., dos orné, tr. dor. (*Rel. ancienne*).

Bel exemplaire.

394. — Pays étrangers. — 3 vol. et 6 plaq.

Dissert. sur l'anc. jonction de l'Angleterre à la France, par Desmarets. *Amiens*, 1753, carte. — Voyage au Nouveau-Monde et hist. intéressante du naufrage du R. P. Crespel (au Canada). *Amsterd.*, 1757, 2 ouv. en 1 vol. in-12. v. m. — Lettres sur l'Islande par X. Marmier. *Paris*, 1837, in-8. dem.-rel. (*Envoi d'auteur*). — Dialogue sur le prognostique de la campagne prochaine entre le Po et le Danube. *Villefranche, Jacques le Sincère*, 1702, in-12 dé 16 p., couv. en pap. — Placarts et ordonnances sur la Belgique, eu flamand et en franç., imprimés à Bruxelles de 1593 à 1621, 6 plaq. pet. in-4.

395. — Espagne. — 2 vol.

Le Mercure Espagnol ou discours contenans les responses faites à un libelle intitulé Mars françois, fabriqué par un sujet des Espagnols. *S. l. (Paris)*, 1639, in-8, v. m., tr. dor. (*Aux armes de Caumartin Saint-Ange*). — Traité des usurpations des roys d'Espagne sur la couronne de France dep. le règne de Charles huictiesme, par C. Balthazard. *Paris*, 1644, in-4, dérel.

396. — Histoire de l'empereur Charles V, par don Jean-Antoine de Vera et Figueroa, trad. d'espa-

gnol en franç. par le sieur du Perron le Hayer. *Bruxelles, Fr. Foppens*, 1663, pet. in-12, portr., vél. à recouv. (*Bel exemplaire*). — La vie de D. Olimpe Maldachini, princesse Panfile, trad. en franç. de l'ital. de l'abbé Gualdi, avec notes (par Jourdan). *Genève*, 1770, 2 part. en 1 vol. pet. in-8, portr., dem. rel. v. ant. — Ens. 2 vol.

397. — Histoire des guerres d'Italie, composée par Fr. Guichardin, trad. d'ital. en franç. par Hier. Chomedey, Parisien. *S. l. (Genève), par les hérit. d'Eust. Vignon*, 1593, 2 vol. in-8, v. br., fil. et milieu dorés. (*Rel. du temps*).

Un trou de ver à quelques feuillets du tome II.

398. — La Diplomatie Vénitienne. Les Princes de l'Europe au xvie siècle. — François Ier, Philippe II, Catherine de Médicis, les Papes, les Sultans, etc., etc., d'après les rapports des ambassadeurs vénitiens, par Arm. Baschet. *Paris*, 1862, in-8, fac-simile, dem.-rel. maroq. rouge, tête dor., non rog. (*Lortic*).

399. — La vie d'un patricien de Venise au xvie siècle d'après les papiers d'Etat des archives de Venise, par Ch. Yriarte. *Paris*, 1874, in-8, port., br.

400. — La Turquie pittoresque, histoire, mœurs, description, par W. A. Duckett, préface par Théophile Gautier. *Paris*, 1855, gr. in-8, fig. sur acier, cart. toile mosaïque de l'édit., tr. dor.

401. — Histoire générale de la Chine ou annales de cet empire, trad. du Tong-Kien-Kang-Mou, par le feu P. Joseph-Anne-Marie de Moyriac de Mailla, publ. par l'abbé Grosier et dirigées par Le Roux des Hautesrayes. *Paris*, 1777-1785, 13 vol. in-4, fig. et cartes, v. fauve. (*Bel exemplaire*).

V. — BLASON. — GÉNÉALOGIE.

402. — La Nouv. méthode raisonnée du blason, par
le P. C. F. Menestrier. *Lyon*, 1750, in-12, pl., v.
m. — Dictionnaire héraldique, par G. D. L. T***
(Gastelier de la Tour). *Paris*, 1774, pet. in-8, v. m.
— Ens. 2 vol.

403. — Traité de la Noblesse suivant les préjugez
rendus par les commissaires députez pour la véri-
fication des titres de noblesse en Provence (par
Belleguise). *Toulouse*, 1688, pet. in-8, v. j. —
Nouv. méthode raisonnée du blason, par le P. C.
F. Menestrier. *Lyon*, 1761, in-12, pl., v. m.— Ens.
2 vol.

404. — Les Nobles et les Vilains du temps passé ou
recherches critiques sur la noblesse et les usurpations nobiliaires, par Alph. Chassant. *Paris*,1857,
pet. in-8, front. gravé, dos et coins de maroq.
orange, tête dor., non rog.

405. — Histoire de la Maison royale de France et des
grands officiers de la Couronne, par le R. P. An-
selme. *Paris*, 1674, 2 vol. in-4, front. gravé, v. j.

406. — Histoire de la Maison de Bourbon, par De-
sormeaux. *Paris, Imprimerie roy.*, 1772-1788,
5 vol. in-4, front. dess. par Boucher, gr. par St-
Aubin, vignettes et culs-de-lampe gr. par Chof-
fard, et portraits, v. m.
> Livre recherché pour ses belles illustrations.

407. — De l'ancienne chevalerie de Lorraine, documents inédits publiés par V. Bouton. *Paris*, 1861,
in-12, blasons, dem.-rel. maroq. rouge, tête dor.,
ébarbé.

408. — Description de tous les ordres militaires qui
ont esté approuvez. (*XVIIe siècle*), 5 feuilles ou
placards in-fol., avec de nombreux blasons gravés.

409. — Catalogue des chevaliers, commandeurs et officiers de l'ordre du Saint-Esprit, avec leurs noms et qualités, depuis l'institution jusqu'à présent. *S. l. (Paris), Chr.-J.-F. Ballard*, 1760, in-fol., v. m., fil., insignes de l'ordre du Saint-Esprit sur le dos et sur les plats, tr. dor.

> Très bel ouvrage enrichi de vignettes, fleurons, culs-de-lampe, lettres ornées, le tout gravé par Laur. Cars d'après les dessins de Gravelot. Il contient en outre les blasons de chacun des membres de l'ordre intercalés dans le texte. Le texte en a été rédigé par Poullain de Saint-Foix. — Exemplaire en GRAND PAPIER. Dans quelques parties, le papier est devenu un peu roux.

410. — Catalogue des noms, surnoms, faits et vies des connestables, chanceliers, grands maistres, admiraux et mareschaux de France, ensemble des Prévosts de Paris, dep. leur premier establissement jusques à tres-haut, tres-puissant et tres-chrestien Roy de France et de Navarre, Henry III, œuvre premierement composé et mis en lumiere par J. Le Feron. *Paris*, 1598, 6 part. en 1 vol. in-fol., fig., parch.

> Légères mouillures, tache d'encre sur le bord d'une partie de la marge et piqûre de ver aux dern. ff.

411. — Statuts de l'ordre de St-Michel. *S. l. (Paris), de l'Imprimerie Royale*, 1725, in-4, fr. et fig. gr. par Simonneau et Cochin, vignettes, lettrines et culs-de-lampe, non sig., v. m.

412. — Almanac (*sic*) de poche pour l'année 1765, avec la naissance des rois, reines, princes et princesses de l'Europe. *Berlin, Wolffgang* (1764), pet. in-16, front. et 12 fig. grav. par Geriene, rel. molle en vél., orn. sur les plats, tr. dor.

413. — Mémoire pour le comte de Montmorency-Laval, contre le sieur Dunoyer de Bournonville, seigneur de Savriennais. *Paris*, 1774, 15 pièces en 1 vol. in-4, dem.-rel. veau fauve, à nerfs.

> Réunion des factums publiés à l'occasion de ce procès. On y a joint une lettre autographe signée de 4 p. de Gaillard, avocat au Parlement, à Rennes.

VI. — ARCHÉOLOGIE. — NUMISMATIQUE.
SIGILLOGRAPHIE. — PALÉOGRAPHIE.

414. — Manuel élémentaire d'archéologie nationale, par l'abbé J. Corblet, dessins de E. Breton. *Paris*, 1851, in-8, fil. à part et fig. sur bois dans le texte, dem.-rel. maroq. Lavall., ébarbé.

415. — Les Monumens de la Monarchie françoise, par le R. P. Dom Bern. de Montfaucon. *Paris*, 1732, 2 vol. in-fol., fig., dem.-rel., non rog. (*Tomes IV et V*).

416. — Lot de 43 planches in-folio d'antiquités et autres, extraites de Montfaucon, en feuilles.

417. — Recueil de gravures pour servir à l'histoire des arts en France, prouvée par les monuments, publié par Alex. Lenoir. *Paris*, 1811, in-fol., 84 planches, dem.-rel.

418. — Monuments français inédits, pour servir à l'histoire des arts, par N. X. Willemin. *Paris*, 1825, in-fol. Lot de 63 pl. noires et coloriées.

419. — Lot de 19 planches gr. in-fol. provenant pour la plupart de l'ouvrage du comte de Bastard, en feuilles.

Superbes reproductions de manuscrits exécutés en couleurs et en or.

420. — Les Arts au Moyen-Age et à l'époque de la Renaissance, par P. Lacroix. *Paris*, 1869, gr. in-8, pl. chromolith. et fig. sur bois, dem.-rel. chag. rouge, pl. toile, riches ornem. dorés, tr. dor. (*Rel. de l'éditeur*).

Premier tirage.

421. — Le Moyen-Age et la Renaissance, par Séré et Lacroix. Lot de 70 pl. coloriées, in-4, en feuilles.

422. — Rabelais et l'architecture de la Renaissance, restitution de l'abbaye de Thélème, par Ch. Lenormant. *Paris*, 1840, in-8, pl., maroq. Lavall.,

fil., tête dor., non rog. — Le Rabelais de Huet (par Th. Baudement). *Paris*, 1867, in-18, pap. vergé, br.

423. — Etudes sur l'étain dans l'antiquité et au moyen-âge, orfèvrerie et industries diverses, par Germ. Bapst. *Paris*, 1884, in-8, fig., br.

424. — Trésor de Numismatique et de Glyptique, ou recueil général de médailles, monnaies, pierres gravées, bas-reliefs, etc., tant anciens que modernes, les plus intéressants sous le rapport de l'art et de l'histoire, gravés par les procédés d'Ach. Collas sous la direct. de P. Delaroche, Henriquel Dupont et Ch. Lenormant. *Paris*, 1858, 19 vol. in-fcl., nombr. planches, dem.-rel. toile, non rognés.

425. — Impp. Romanorum numismatum series à C. Julio Cæsare ad Rudolphum II, per Levin. Hulsium. *Francof.*, 1605, in-8, fleuron sur le titre et nombr. vign. de médailles gr. sur cuivre, v. br., comp. de fil à la Du Seuil, fleurons aux angles sur les plats. (*Rel. anc*).

Bel exemplaire aux armes de DE SÈVE.

426. — L'Art gaulois ou les Gaulois d'après leurs médailles, par Eug. Hucher. *Le Mans*, 1868-1873, 2 vol. in-4, pl. et fig. dans le texte, en feuilles.

427. — Des Monnoyes, augment. et diminution du prix d'icelles, livre unique, par Fr. Grimauldet, advocat du roy au siège présidial d'Angers. *Paris*, *H. de Marnef*, 1585, in-8, cart. (*Mouillures et les trois prem. ff. ont des déchirures*). — Le Grand Banquier ou le livre des monnoyes etrangeres reduites en monnoyes de France, par Barreme. *Paris*, 1696, in-8, fig., v. — Ens. 2 vol.

428. — Recherches curieuses des monnoyes de France dep. le commencement de la monarchie, par Cl. Bouteronë. *Paris*, 1666, in-fol., fig., v.

Piqûre de ver dans le bas du volume et taches à quelques feuillets.

429. — Précis chronolog. de l'histoire de France, par

Th. Toussenel, avec des planches sur acier d'après la collection des médailles historiques des rois de France. *Paris*, 1845, in-4, br. — Hist. du jeton au moyen-âge, par J. Rouyer et E. Hucher. *Le Mans*, 1858, in-8, fig., br. — Ens. 2 vol.

430. — Essai sur les monnaies françaises du règne de Louis XIV. par F. Bessy-Journet. *Chalon*, 1850, in-4, pl., br.

431. — Numismatique. 6 vol. ou broch.

Histoire numismatique de la Révolution de 1848, par A. de Liesville. *Paris*, 1877-78, in-4, fig. (Les trois prem. livraisons). — Catalogue raisonné des monnaies romaines trouvées dans le jardin du collège du Mans, par E. Hucher. Br. in-8. (*Extrait à pagin. continue.*). — Notice sur des monnaies et bijoux antiques, par J. Charvet. *Paris*, 1863, br. gr. in-8. — Monnaies du roi Edouard III frappées au type français, par Feuardent. *Paris*, 1859, br. in-8, avec pl. — Nos de janv. et févr. 1850 et janvier à avril 1856 de la *Revue numismatique.*

432. — Notice des monnaies françaises compos. la collection de J. Rousseau, av. indications histor. et géograph. par Adr. de Longpérier *Paris*, 1848, in-8, fig., br. — Collection Jean Rousseau. Monnaies féodales françaises décrites par Benj. Fillon. *Paris*, 1860, in-8, pap. vergé, portr. à l'eau-forte et fig. dans le texte, br. — Ens. 2 vol.

433. — Histoire métallique des XVII provinces des Pays-Bas, trad. du hollandois de Gerard Van Loon (par l'abbé Prevost et Van Effen). *La Haye*, 1732, 5 vol. in-fol., front., vignettes et nombr. fig. de médailles, v. fauve, fil.

Bel exemplaire en GRAND-PAPIER.

434. — Médailles, sceaux. 4 vol. ou broch.

Histoire du Cabinet des médailles antiques et pierres gravées, avec une notice sur la Bibliothèque royale, par du Mersan. *Paris*, 1838, in-8, br. — J. Charvet. Description des collections de sceaux-matrices de E. Dongé. *Paris*, 1872, br. in-8, fig. — Notice sur le sceau inédit de la confrérie des pèlerins de Saint-Jacques de Paris, par A. Forgeais. *Paris, Boucquin*, 1852, br. in-8. — Descript. histor. du château royal de Melun, figuré sur un sceau du XVe siècle, par E. Grésy. *Paris*, 1852, br. in-8, fig. — Etc.

435. — Recueil de 100 planches de pierres gravées

dessinées par J.-D. Campiglia, gravées par Ch. Gregory. 1 vol. in-fol., en carton.

436. — Des Enseignes de pèlerinage, par E. Hucher. *Paris*, 1853, in-8, fig., dem.-rel. chagr. vert. — Notice sur quelques enseignes de pèlerinage en plomb concern. la Picardie, par J. Garnier. *Amiens*. 1865, in-8, pl., dem.-rel. mar. rouge, tête dor., ébarbé.

437. — Notice sur des plombs historiés trouvés dans la Seine, par A. Forgeais. *Paris*, 1858-1862, 2 vol. in-8, fig., br. — Coup d'œil sur les médailles de plomb, le personnage de fou et les rébus dans le moyen-âge, par C. Leber. *Paris*, 1833, in-8, pl., br. — Ens. 3 vol.

438. — Dictionnaire de Sigillographie pratique, conten. toutes les notions propres à faciliter l'étude et l'interprétat. des sceaux du moyen-âge, par Alph. Chassant et P.-J. Delbarre. *Paris*, 1860, pet. in-8, pl., dem.-rel. maroq. vert, tête dor., ébarbé. — Dictionnaire des abréviations latines et françaises usitées dans les inscriptions lapidaires, les manuscrits et les chartes du moyen-âge, par Alph. Chassant. *Evreux*, 1846, in-12, pl., dem.-rel., mar. v., tête dor., non rog. (*Lortic*).

439. — Eléments de Paléographie, par N. de Wailly. *Paris, Imprim. Royale*, 1838. 2 vol. gr. in-4, planches, dem.-rel. maroq. Lavall., tête dor., non rog. (*Lortic*).

440. — Musée des Archives départementales, recueil de fac-similés héliographiques de documents tirés des archives de préfectures, mairies et hospices. *Paris, Imprim Nation.*, 1878, in-fol., pap. vergé, br. et atlas de 60 pl., gr. in-fol. max. dans un carton.

441. — Tablettes de cire. Deux plaques sur ivoire du XIVe siècle, ayant servi de tablettes de cire pour

écrire avec un stylet, au moyen-âge. Dans un étui en forme de livre.

Ce genre de curiosité est fort rare. Le revers de ces plaques d'ivoire est sculpté.

442. — Peintures grecques. Recueil factice de spécimens de paléographie grecque : dessins, fac-similés de miniatures, lettres ornées, calques de manuscrits, frottis de reliures byzantines, etc., le tout réuni par M. H. Bordier en 1 vol. in-fol., dem.-rel., mar. viol.

VII. — MÉLANGES HISTORIQUES. — BIBLIOGRAPHIE. JOURNAUX, REVUES. — BIOGRAPHIE. — ETC.

443. — Répertoire des sources historiques du moyen-âge, par Ulysse Chevalier. *Paris*, 1877-1883, 4 fasc. gr. in-8, br.

444. — Les Monogrammes historiques d'après les monuments originaux , par Aglaüs Bouvenne. *Paris*, 1870, in-18, pap. vergé, br.

445. — Mélanges historiques. 3 vol.

Précis de l'histoire des institutions des peuples de l'Europe occidentale au moyen-âge, par Tailliar. *St-Omer*, 1845, in-8, br. — Le Gardien de la Liberté française, étrennes morales, politiques et lyriques terminées par quelques anecdotes relatives aux affaires présentes, par Floury, citoyen de Beauvais. *Beauvais* (1794), in-18, br. — Chronique nationale et étrangère et en particulier des 5 départements substitués à la province de Normandie. *Rouen*, 1792. (N°s 182 à 226 *bis*). In-8, br.

446. — La Librairie de Jean, duc de Berry, au château de Mehun-sur-Yèvre (1416), publ. par Hiver de Beauvoir. *Paris*, 1860, in-8, maroq. vert, fil., tête dor., non rog.

447. — Le Livre, par Jules Janin. *Paris*, 1870, in-8, br. — Guide du libraire-antiquaire et du bibliophile, par J. de Beauchamps et E. Rouveyre. *Paris*, 1884, in-8, pap. vergé, pl., dans un carton. (*Tout ce qui a paru*). — Ens. 2 vol.

447 *bis*. — Des auteurs du xvie siècle qu'il convient de réimprimer, par Ch. Nodier. *Paris*, 1835, in-8,

rel. pl. en v. imit. l'anc., fil., tête rouge, ébarbé.
— Fréron ou l'illustre critique, par Ch. Monselet ;
eaux-forte d'Ed. Morin. *Paris*, 1864, in-18, pap.
vergé, br. — Préface du catalogue de la bibliothèque Mazarine, rédigée en 1751 par le bibliothé-
caire Desmarais, publiée, trad. en franç. et annot.
par A. Franklin. *Paris*, 1867, in-18. — Ens. 3 vol

448. — Bibliographie. 3 vol. in-8, br.

 Essai de bibliographie conten. l'indication des ouvrages relat. à l'hist.
de la gravure et des graveurs, par G. Duplessis. *Paris*, 1862. — Catalogue d'une nombreuse collection de livres proven. de la bibliothèque
de feu Gab. Peignot. *Paris*, 1852. — Catalogue des livres composant
la bibliothèque de feu F. Soleil. *Paris*, 1871.

449. — Geofroy Tory, peintre et graveur, premier
imprimeur royal, réformateur de l'orthographe et
de la typographie sous François Ier, par Aug.
Bernard. *Paris*, 1857, in-8, dem.-rel. maroq. rouge,
tête dor., non rog. (*Lortic*).

450. — Marques typographiques ou recueil de monogrammes, chiffres, enseignes, emblêmes, devises,
rébus et fleurons des libraires et imprimeurs qui
ont exercé en France dep. l'introduction de l'imprimerie en 1470 jusqu'à la fin du xvie siècle, par
L.-C. Silvestre. *Paris*, 1867, 2 vol. gr. in-8, pap.
vergé, v. jaspé, fil., tête dor., non rog.

451. — Lettres ornées, marques de libraires, fleurons, etc. Lot de 71 feuilles comprenant environ
1,000 spécimens originaux d'ornements employés
par l'imprimerie aux xvie et xviie siècles.

452. — Imprimerie, librairie, et autres professions
qui en dépendent. Lois, arrêts, règlements, etc.
(1667-1748). Lot de 29 pièces in-4, imprimées et manuscrites.

453. — Encyclopédie moderne. Dictionnaire abrégé
des sciences, des lettres, des arts, de l'agriculture
et du commerce, publ. par L. Renier. *Paris, Didot*,
1853, 27 tom. en 14 vol. in-8 et 3 vol. de planches,
dem.-rel. chagr. n.

454. — Dictionnaire des noms propres ou encyclopédie illustrée de biographie, de géographie, d'histoire et de mythologie, par Dupiney de Vorepierre.
Paris, 1876, in-4, fig., dem.-rel. chagr. vert, à nerfs,
pl. toile, et 7 livr. du tome II.

455. — Annuaire des Deux-Mondes. *Paris*, 1857-
1867, 7 vol. gr. in-8, br.

456. — Revue britannique, revue internationale,
sous la direction d'Amédée Pichot. *Paris*, in-8, de
l'origine (1825) à 1855, 120 vol. reliés ; de 1855
à 1861, en livraisons.

457. — Magasin Pittoresque. *Paris*, 1833-1879, 47 vol.
gr. in-8, fig., dem.-rel. bas. (Le dernier est broché).

458. — Revue de famille, dir. par Jules Simon. *Paris*, 1888, gr. in-8, N.os 1 à 15. — La Revue de Paris
et de St-Pétersbourg. Année 1888 en livraisons. —
Samedi-Revue. *Paris*, in-4, Nos 1 à 55.

459. — Biographie universelle ou dictionnaire historique des hommes qui se sont fait un nom, etc.,
par F.-X. de Feller, édition augmentée de plus de
3,000 articles par Pérennès. *Paris*, 1833, 12 vol.
in-8, dem.-rel. chagr. Lavall. (*Bel exemplaire*).

460. — Biographie universelle ancienne et moderne,
publ. par Michaud, 2e édition. *Paris, Thoisnier-
Desplaces*, 1840, 52 vol. gr. in-8, br.

461. — Louis XIV et Marie Mancini, par R. Chante-
lauze. *Paris*, 1850, in-8, br. — La Question ou-
vrière au XIXe siècle, par Paul Leroy-Beaulieu.
Paris, 1872, in-12, br. — Curiosités littéraires et
biographiques, par Lud. Lalanne. *Paris*, 1857-1858.
2 vol. in-18, br. — Ens. 4 vol.

462. — Mélanges. 25 vol. et broch., différ. formats.
La Sainte Bible, trad. par de Genoude. *Paris*, 1834, 2 vol. gr. in-8,
dem.-rel., fig. sur bois. — Odes d'Horace trad. en vers. par E. Yvert.
Amiens, 1869, in-8, br. — Univers pittoresque. Inde et Etats-Unis.
2 vol. in-8, br. — Duruy. Histoire des Romains. *Paris*, 1870-71 (tomes
I et II). 2 vol. in-8, br. — Zola. Une Page d'amour. *Paris*, 1889, in-12,

br. — Historique du 4ᵉ régiment de zouaves. *Tunis*, 1888, in-8, br. — Journal de Barbier (tome V). — Etc., etc.

463. — Mélanges. 24 vol., différ. formats.

Piganiol de la Force. Description de Paris. *Paris*, 1742, 7 vol. in-12, fig., v. f. — Recueil de div. pièces serv. à l'hist. d'Henry III. *Cologne*, P. du *Marteau*, 1763, pet. in-12. — Choix de poésies de M. G*** (Gresset). *Imprimés cette année*, s. d. Pet. in-12, v. — Guidon des capitaines (en vers). *Rouen*, 1610. (*Mauvais état*). — Code des terriers. *Paris*, 1769, in-12, v. — Mᵐᵉ de La Fayette. Mémoires de la Cour de France. *Amst.*, 1731, in-12, v. — Libri Prophetarum. *Parisiis, S. Colinæus*, 1537, in-16, vél. — Nouv. descript. des Pays-Bas et de toutes les villes des XVII provinces. *Rouen*, 1673. in-12, parch. — Etc., etc.

— Sous ce numéro seront vendus divers volumes complets et incomplets, non insérés au catalogue, et diverses livraisons de la Revue archéologique, de l'Histoire des Peintres, et diverses publications.

AUTOGRAPHES, CHARTES ET DOCUMENTS HISTORIQUES. — MANUSCRITS.

464. — Artois, Flandre. Actes et documents des xivᵉ, xvᵉ et xviᵉ siècles. 7 pièces, originaux sur vélin.

Localités citées : Cysoing, Villers, Tournay, etc.

465. — Autographes de rois et de princes. 8 pièces sur vélin.

Signatures de Louis XII, François Iᵉʳ, François II, Henri III, Louis-Philippe, duc d'Orléans, régent, au bas d'actes et de documents manuscrits.

466. — Autographes divers. 7 pièces.

Necker, lettre autogr. signée. S. date, 1 page 1/2 in-4. — Montolieu (Mᵐᵉ de). Lettre autogr. signée. S. d., 1 page 1/2 in-4. — Haüy, instituteur des aveugles. Billet signé avec 5 lignes autographes. 8 vendémiaire, an VIII. — Chappe (L'abbé de), inventeur du télégraphe. Lettre autographe signée. 9 mars 1778, 2 pages in-4. Il s'occupe de l'invention de chaises percées « qui ne répandent pas d'odeur... pour le bien de l'humanité. » — Lamoignon de Baville et Lamoignon de Courgue. 2 lettres autogr. — Etc.

467. — Autographes divers. 24 pièces autographes.

Brière, président du canton de Versailles. — Comte d'Argout. — Xav. Audoin, membre de la Commune. — Altaroche. — De Chasseloup-Laubat. — Le peintre David. — Etc., etc.

468. — Autographes de littérateurs. 4 pièces.

Billets ou lettres autographes signées de Taine, Prosp. Mérimée, Alexandre Dumas. Bouillet.

469. — Autographes (Lettres) du xviiie siècle. — 7 pièces.

Cardinal de Forbin-Janson (1690). — Duc de Fitz-James (1718). — Duc du Maine (1731). — Abbé Baillet (1702). — Gobinet (1648-1679), 2 lettres. — Sœur Saint-Pierre (1726).

470. — Auvergne. — Actes émanés de la jurisdiction des montagnes d'Auvergne. — 21 pièces sur parchemin des xive, xve et xvie siècles.

471. — Avranches. — Lettre signée du roi Henri III, adressée à M. de Matignon, son lieutenant général en Basse-Normandie, et datée de Paris, 27 avril 1576. — In-fol., avec inscription.

Sur le rapport qui lui a été fait en son Conseil du différent d'entre Hervé de la Fresnaye, Sr de Saint-Benoit, et Me Charles Gardain, pour raison de la charge de lieutenant du capitaine de la ville et château d'Avranches, le Roi donne ordre de maintenir le Sieur de la Fresnaye « sans avoir esgard aux oppositions dudit Gardain et habitans dudit Avranches... »

472. — Beaujolais, Bresse, Lyonnais. — 3 actes originaux sur vélin.

1° Contrat d'amodiation à Perrot Rabutin de la ville de Chalon par Bremond de la Vorate et de Chastel Morand et Anne de Chastel Morand sa femme de leurs terres et seigneuries de S. Germain du Plain, Ouroux, Colombey, Villers, Toucy, Tronchey, S. Etienne en Bresse, etc., etc. 8 août 1643. — 2° Reconnaissance passée par Hugonin Favre (*Hugoninus Fabri*), bourgeois d'Anse, près Lyon, en faveur d'Etienne de Villeneuve. 27 novembre 1345. — 3° Acte du juge bailli d'Amplepuis (*de Amplopulheo*) daté de 1312.

473. — Beauvais. — Bail à cens fait par l'église St-Quentin de Beauvais à Arnoux (*Arnulphus*) boulanger, d'une maison située dans la rue St-Symphorien, à Beauvais. — Acte original daté de 1125 sur vélin.

474. — Beauvais. — Vente de deux pièces de terre à l'église St-Quentin de Beauvais, par Jean Paya et Marie, sa femme. 1258. — Acte original sur vélin, avec fragment de sceau.

475. — Bénédictins, Oratoriens. — 5 lettres autographes.

1° Dom Bernard de Montfaucon. Lettre autographe signée, datée de nov. 1721. 2 pag. 1/4. in-4. — 2° Dom Germain Poirier, lettre autographe signée datée du 31 août 1790. 2 pag. pl. in-4. — Observations sur le transport des archives des établissemens ecclésiastiques, séculiers et réguliers. 2 pages 1/2 in-4. autogr. — 3° Dom Vincent Thuillier. Lettre autogr. signée, datée de Paris, 30 avril 1725. 2 pages pl. in-4. — 4° Dom Benoît Thiebault, prieur de l'abbaye N.-D. de Favernay près Vesoul. Lettre intéressante (en latin) datée de Faverney, 30 octobre 1746. (La date et la signature sont seules de la main de D. Thiébault). — 5° Le P. Jacq. Lelong, oratorien, auteur de la *Bibliothèque histor. de la France*. Lettre autogr. signée. 3 p. 1/4 in-8, cachet de l'Oratoire. Curieuse lettre au P. Rayneau. 1699. Il lui rend compte de diverses commissions de livres. Il recherchait pour lui aux étalages des bouquinistes les ouvrages de sciences. Il lui parle plusieurs fois du P. Malebranche. « Mandez-moi, lui dit-il, vos difficultés, car j'aime à faire causer notre philosophe : on n'y perd pas son temps. »

476. — Béranger. Lettre autog. sig. à M. Rousselet, 24 avril 1845, 1 p. in-18. — Ledru-Rollin. L. aut. sig. — Ens. 2 pièces.

477. — Bossuet (J.-Bénigne), évêque de Condom. Lettre autographe signée, de S. Germain. 1673, adressée à M. de Francastel à Beauvais. 1 p. in-4.

Belle lettre. « ... Vous ne me parlez point de la suite de l'affaire du Sr Le Comte. Je vous charge très expressément de le poursuivre vivement et de m'en rendre comte, car il est d'une effroyable consequence de punir un atantat de cette nature et de n'y perdre point de temps. »

478. — Bouillaud (Ismaël), né à Loudun, savant mathématicien et littérateur. Belle lettre autographe (en latin) à Hevelius, datée de Paris, 21 juin 1680. 1 page pleine in-4.

479. — Chartes et actes divers des XIIIe, XIVe, XVe et XVIe siècles. 14 pièces. — Originaux et vidimus sur vélin.

Marché fait par Bertrand Henret avec les consuls de la ville de Lisle (*ville de Insula*) pour curer, faire un pont et divers travaux à l'étang royal de *bello Indrie* (XIIIe siècle). — Jehan Fayel, tailleur de robes et bourgeois de Paris, reconnaît avoir vendu à noble homme Jehan Aubin, seigneur de Vignolles, quatre arpens de terre à Tournans en Brie au lieudit la Rozière. 29 mars 1507 avant Pâques. — Vente par Raulet Dupin à Guillaume Landry, sieur de St-Amand, du fief du Pin et autres héritages. 10 mars 1340, avant Pâques. — Aveu de la seigneurie de

Nanteuil, 17 juin 1407. — Blanche, fille de Philippe III, roi de Navarre et de Jeanne de France, fait une donation à Tiphaine, femme de feu Jean Lescot, dit « l'Enfant de Paris » Neaulphe-les-Gisors, 21 août. (Charte coupée en partie sur le côté ; qq. mots et la date qui doit être 1364, manquent) — Etc., etc.

480. — Cheverny (Hurault de), chancelier. Belle lettre autographe adressée à M. de Bellièvre, conseiller du Roi, 27 août 1574. Une page in-fol.

Il lui mande qu'il a été aussi *marry* que lui de ne l'avoir point trouvé près du Roi pour conférer de beaucoup de choses concernant le service de Sa Majesté, « mais j'espère que vous serez bien tost de retour à Lyon où le Roy pourra estre dedans neuf ou dix jours. »

481. — Compiègne. — Comptes de dépenses pour bonneterie, eschançons, bouche, commun, cuisine, fruiterie et fourriere, faites par la Royne et Mesdames à Compiègne, les 4e et 6e jours de septembre 1554. — Original sur vélin.

482. — Compiègne. — 2 documents sur vélin.

Escroux de la despence de bouche de l'escurie du Roy que Monseign. le Comte de Harcourt, grand escuyer de France, a commandé et ordonné estre faicte et payée comptant par Mre Pierre Maugis, trésorier. 31 *juillet* 1655. gr. in-fol. — Don de 600 livres aux PP. Jésuites de la Maison de S. Louis de Paris par le Roi Louis XIII en considération des prières et oraisons qu'ils font tous les jours pour la prospérité du Roi et de l'Etat. *Compiègne*, 6 *juin* 1624. In-4. obl.

483. — Evreux. — 2 documents originaux sur vélin.

Vente par Robert dit Bordon, charpentier, à Geoffroi de Courcelles, chanoine d'Evreux, d'une vigne et d'une terre. Acte passé devant l'official d'Evreux en janvier 1259. — Jehan Leufaut, procureur du Roi au bailliage d'Evreux, reconnaît avoir reçu de Guill. Champion, vicomte de Conches et de Breteuil, la somme de 12 livres tournois qui lui étaient dus pour partie des gages de son office qui sont de 24 livres tournois par an.

484. — Favre (Antoine), jurisconsulte savoisien, président du Sénat de Savoie. — Pièce *signée*. 1 page in-fol.

485. — Franche-Comté. 9 actes des XIVe, XVIe, XVIIe et XVIIIe siècles. — Originaux sur vélin.

Localités citées : Arlay, St-Louchain, Colonne, Bersaillin, Besançon, Arbois, etc.

486. — François Ier. Lettre signée *Françoys*, contre-

signée *Robertet*, datée d'*Amiens*, 19 août 1527. —
1 page in-fol.

Il mande au Sieur de Villeroy que pour subvenir aux grandes charges
et dépenses qu'il est obligé de faire pour la garde du royaume et entretenement de l'armée d'Italie il a été obligé de faire un emprunt à des
principaux officiers et gentilshommes. En conséquence il prie ledit
Sieur de Villeroy de lui prêter mille écus d'or, à laquelle somme il l'a
taxé pour sa part.

487. — Guillaume, seigneur de Braquemont, cham-
bellan du duc d'Orléans. donne quittance à P. Renier, trésorier du duc, pour les voyages qu'il a faits
à Vernon, à Pontoise en compagnie de quelques
ambassadeurs du Roi de Sicile et des Princes du
Sang pour traiter de la paix du royaume. 19 sept.
1413. — Original sur vélin avec sceau.

488. — Guyenne, Quercy, Rouergue, Provence. —
6 pièces des XIVᵉ et XVᵉ siècles. — Originaux sur
vélin.

Acte en dialecte gascon relatif à une maison de la rue Carpenteyre.
sur laquelle le Chapitre de St André de Bordeaux avait certains droits.
Passé en l'église de Bordeaux, le 26 octobre 1387. — Vente de cens
sur le village d'Antraigues. Acte passé à Cahors, 1311. — Acte en dialecte gascon passé devant le notaire de la Réole le 20 avril 1318. par
lequel Jean Furt reconnait tenir de P. de Soleir, certaines terres. suivant les us et coutumes de Bazas. — Le trésorier royal reçoit du séné-
chal de Rouergue 200 livres tournois qui ont servi à payer la pension
d'Antoine de Blanchefort. 2 janvier 1460. — Hommage au Comte d'Ar-
magnac par le Comte de Beaufort (*Comes Bellifortis*) pour dame Ga-
rine de Cavilhiac, sa femme, de la moitié du château et de la juridiction
d'Aurelle. Acte passé à Villeneuve-lez-Avignon, le 28 octobre 1350. —
Vente faite par Pierre Moyton à Guillaume *Lobassii*, co-seigneur de
Veynes, d'une terre sise au terroir dit à la Broue pour 31 florins d'or.
13 avril 1393.

489. — Inventaire des biens meubles trouvez en la
maison et aprés le decez de feue damoiselle Marye
Voisin, veufve de feu Sʳ Thierry du Pont ; ensemble des thoilles d'icelle deffuncte qui estoient en la
maison du Sʳ Jacques Deshommetz, lesquelles il
avoyt achaptez des deniers d'icelle deffuncte. A
esté faict d'un commun accord le 3ᵉ jour de mars
Mil v ᶜ iiij xx quatorze (1594).... Cahier in-fol.

Inventaire original avec estimation. article par article. d'un intérieur rouennais de la fin du xvi⁰ siècle. On y trouve mention de tableaux parmi lesquels figure « *ung petit tableau où est peint Ste Barbe* », de pièces d'habillement, de vaisselle, d'argenterie, « *quatre pièces de tapisserie vendues à Monsieur Pallé cent escus* », et autres détails curieux. Les toiles figurent ainsi pour mémoire : « *Unze mil huict cens trente six aulnes de thoille de lin escreue estans chez le Sr Jacques Des Hommetz qui les avoit achaptez à Paris des deniers d'icelle deffuncte...* »

490. — Joinville. — Commission donnée par le bailli de Chaumont en vertu des lettres-patentes du Roi accordées en sept. 1364 pour reconstituer en vidimus les titres et droits appartenant au chapitre de l'église collégiale de St-Laurent de Joinville, dont les originaux avaient été perdus dans l'incendie du château de Joinville. Donné à Joinville le 25 décembre 1365. — Original sur vélin.

491. — Languedoc (Lettre d'un protestant du), revenu au Catholisme, à un de ses amis demeuré protestant. — In-4, de 14 ff. in-4, dérel.

Manuscrit du xvii⁰ siècle, daté de 1629. Cette lettre écrite en latin est fort intéressante. Elle débute ainsi : D. F. P. Ser. S. P. D. *Quæris discessus mei rationem. Hanc habe.* L'auteur anonyme développe ensuite les raisons qui lui ont fait quitter le Protestantisme. Il parle de l'arrivée du président de Gevaudan, délégué par le Roi comme un messager de paix, de lettres du Roi et de Lesdiguières envoyées à ce sujet par Castillon, des efforts faits par lui-même pour arriver à une pacification, efforts annihilés par les pasteurs Paulet et Aymar, des méfaits de Paulet, des décemvirs des cercles de Languedoc qui entretenaient la guerre, de Fonbonne, de la Cour des Aides, envoyé par le Roi et emprisonné, du parti *Catherinaire* qu'on pourrait appeler *Catilinaire*, de Chabrier de Nîmes, d'Olivier pasteur de Nîmes, vraie furie de forme humaine qui fait incendier le couvent des Franciscains de Nîmes et se suicide, d'un consul qui avec l'aide de Suffren assiège Sommières, de la fuite de Suffren et de son exécution en effigie. Enfin l'auteur s'adresse aux habitants de Montpellier, naguères, dit-il, ses concitoyens, et qu'il exhorte à chasser les perturbateurs qui désolent leur cité.

492. — La Rochelle (Siège de). Lettre adressée au duc d'Anjou depuis Henri III, roi de France. — Une page 1/2 in-fol.

Très intéressante lettre autographe non datée, mais de 1572 ou 1573. Elle est signée : *Godeffroy, truchement du Roy.* L'auteur de cette missive donne avis qu'il a découvert par deux paysans de Chivray qui ont travaillé aux fortifications de La Rochelle depuis qu'elle est huguenote « qu'il i a une source de fontaine à ung village prez de la Rochelle nommé Lafons, laquelle abreuve toute ladicte ville. Et n'a aultre eau douce que ceste là... » Il propose de détruire la canalisation qui amène l'eau dans la ville assiégée « en y mectant quelques caques de pouldre à canon pour les faire sauter comme à Noières alors que Monsieur de Barbesieulx la print... » Il indique aussi une position « là où estant mise l'artillerye l'on peut bastre par la plus grande par des rues de ladicte ville et y foudroier tout s'ilz ne veulent venir à obéissance... »

493. — **Le Moyne (Simon), de la Compagnie de Jésus, missionnaire en Amérique. Lettre autogr. signée d'une page in-4, adressée à M. le curé de St-Martin de Beauvais, datée de la Conception aux Hurons, le 25 mai 1639.**

Lettre très intéressante. Il fait part à son cousin, du zèle et de l'ardeur des néophytes à assister aux différentes cérémonies du culte religieux. Afin de leur rendre les prières plus faciles « on a mis en leur langue le signe de la croix, un bel acte de contrition de 12 ou 13 lignes, le Pater, l'Ave et quelques prières... Il fallait bien qu'au commencement Dieu suppléast à leurs faiblesses d'esprit, puisque eux-mesmes dissimuloient si prudemment nos fautes à prononcer leur langue. » Il annonce que la Relation de la Mission sera publiée cette même année à Paris.

494. — **Lettres (Soixante) de juin à décembre 1746, formant ensemble 240 pages in-4.**

Nouvelles à la main complétant pour l'année 1746 les Mémoires du temps (Barbier, d'Argenson, etc.). Il y est parlé des opérations en Flandre, de la guerre d'Italie où les Autrichiens occupent Gênes, de nos rapports avec l'Espagne et le roi de Prusse, Frédéric II. L'ensemble est encore intéressant pour l'histoire des provinces. En Bretagne, on redoute une descente des Anglais qui occupent un instant la presqu'île de Quiberon ; en Provence, on craint l'approche des Autrichiens. — Etc., etc.

495. — **Maine. 2 pièces. — Originaux sur vélin.**

Contrat d'échange entre noble homme Jehan d'Aubigné, chevalier seigneur d'Aubigné, et Richardin Bellebarbe, pour diverses terres et propriétés sises à Fontenelles, le Bois Noeau, Aubigné, etc. Acte passé le jeudi après la S. Maurice, 1360. — Testament de Jean Pelot de Sillé, acte passé devant le doyen de Sillé (*de Silliaco, Cenomunensis diocesis*) 28 janvier 1482.

496. — **Nivernais. — 3 pièces, XIVᵉ et XVᵉ siècles. — Originaux sur vélin.**

Acte de foi et hommage rendu à Jehan de Baysoiches par Philippe Chotaiz de Cosne pour diverses terres sises à Brétignelles et aux environs. 1383. — Vente par devant le garde scel de St Pierre le Moustier située et assise au bourg Saint Estienne de Nevers en la rue appelée la

Rue des Bourgoys. 10 juin 1483. — Donation faite par « dame Jehanne jadis de France et de Navarre, Royne de Champagne et de Brie, comtesse Palatine » de divers immeubles à la Maison-Dieu ou hôpital de Château-Chinon. Charte originale en français datée de 1331.

497. — Normandie. — Marine et guerre. — 6 pièces originales sur vélin des xive, xve et xvie siècles.

Richart de Bruniare, sergent d'armes du Roy et garde de son cloz des galieres lez Rouen, confesse avoir receu de Jehan Le Mareschal, recepveur general pour le fait de la guerre la somme de deux cens frans d'or pour l'achat, repparacions et armemens d'artillerie pour la nécessité de l'armée de mer, 28 septembre 1370. — Loys de Bigars, seigneur de la Londe, naguères capitaine de la nef dicte la Rouen du port de 700 tonneaux, confesse avoir receu de sire Jehan Lalemant, receveur général de ses finances au pays de Normandie, la somme de 1225 livres tournois qui nous a été ordonnée par le Roy tant pour nos gaiges d'icelluy estat de capitaine pour six mois entiers durant lequel temps nous avons ordinairement servy le Roy en icelle nef en l'armée de mer, que feist lors mettre sus audit pais de Normandye... laquelle nef avons délivrée en la ville de Brest... ès mains des officiers de la Royne... 27 mars 1513, après Pasques. — Jaques des Essars, trésorier des guerres au païs de Normandie reçoit de Jehan Le Villain, trésorier général des subsides et aides, la somme de 150 escus d'or pour bailler à Ricard du Til « cappitaine de la fortereche de Saincte Katherine lez Rouen pour les gages de 6 hommes d'armes et 8 arbalétriers « estans en sa compagnie en la garde restablie de la dicte fortereche. » Rouen, 26 novembre 1359. — Procès-verbal de la prise de possession du château de Tonques par Jehan Tardif, et nommé à la « capitainerie dudit chastel. » Samedi 9 novembre 1415. Corbereau de Cardillac, seigneur de Sarlabos, gouverneur pour Sa Majesté de la ville du Hâvre, reconnaît avoir reçu de Jacques le Roy, trésorier des guerres, reconnaît avoir reçu ses appointements de février, 16 juillet 1578 (avec signature autographe : *Sarlabos*). — Jehan de Touteville, seigneur de Villebon, donne quittance à Pierre Piedeleu, receveur des deniers, de la somme de 500 livres tournois pour la mie année de ses gages et estat de capitaine de la ville et chasteaux de Rouen. 1556 (avec signature autographe et sceau des armes dudit capitaine).

498. — Normandie. — Chartes, hommages, aveux, quittances et autres actes du xive siècle, la plupart en français, 30 pièces. — Originaux sur vélin.

Ces actes sont passés dans les localités suivantes : Rouen, Gournay, Bayeux, Coutances, Pont-Authou, Appeville, Pont-Audemer, Montfort, Vernon, Caen, Argentan, Arques, Evreux. etc., etc. — Lot intéressant.

499. — Normandie. — Divers rôles de dénombrements et d'amendes. — Originaux sur vélin. — 12 pièces.

Rôle et dénombrement des habitans de Lalande-Pérouze. 1455. —

Etat des amendes de Caudebec. 1509. — Amendes et exploits de la vicomté de Carentan. 1503. — Amendes et exploits du bailliage d'Orbec. 1403. — Amendes de l'Echiquier de Pâques tenu à Rouen l'an 1374, envoyées par Renier Boutelier, bailli de Caen, au vicomte de Falaise. — Amendes de la vicomté de Carentan réparties par Rich. Levesque, lieutenant de la vicomté de Mortain. 1510. — Amendes et exploits du bailliage en la vicomté de Coutances, dep. la S. Michel jusqu'au terme de Pâques. 1517-18. — Amendes et exploits du bailliage de Cotentin pour la vicomté de Coutances, dep. le terme de S. Michel 1544 jusques au terme de Pasques 1581. — Etc., etc.

500. — Normandie. — 4 actes originaux sur vélin.

Reconnaissance donnée devant Louis de Cornieilles, écuyer, vicomte de l'eau de Rouen, pour raison de 10 livres tournois payées au nommé Jean Fallet, demeurant à Rouen, pour sa peine, droit et salaire « d'avoir tué d'une grosse et forte arbaleste d'assier une vieille aiglesse... aux religieux du couvent de St-Ouen dudit Rouen. » 14 mai 1454. — Aveu de Robin Bodet à noble et puissante dame Marguerite de Moy. Bolbec, 16 mars 1450. — Parties des héritages, rentes et revenues quelconques appartenans aux hoirs de feu Jehan de Burcy, jadis escuier, lequel trespassa le xxij° jour de décembre l'an M.CCCC.IIIIXVX (1495). — Adjudication de la ferme des Deux Jours de la vicomté de l'Eau, en la Cohue du Roy à Rouen, heure de deux heures de relevée devant Maistre Allonce de Civille, escuier, viconte de Rouen. » L'adjudication du fermage a lieu pour trois années, moyennant la somme de 30 livres tournois par an, à Claude Lelarge, bourgeois, marchand à Rouen, « comme au plus offrant et dernier enchérisseur ». 30 juin 1539.

501. — Normandie. — Chartes, lettres royales, aveux, enquêtes, contrats, quittances et autres actes la plupart en français. — Originaux sur vélin. 48 pièces des xv⁰ et xvi⁰ siècles.

Ces actes sont passés dans les localités suivantes : Coutances, Mortain, Caen, Orbec, Rouen, Conches, Gisors, Pont-Audemer, Falaise, Breteuil, Bayeux, Arques, Pont-Authou, Moyaux, Caudebec, etc., etc.

502. — Normandie. — 16 pièces des xvii⁰ et xviii⁰ siècles sur vélin et sur papier concernant les familles. — Une liasse.

503. — Ordres du Carmel et de St-Lazare. — Estat-général de tous les lieux unis et à réunir à l'ordre de Nostre-Dame du Mont Carmel et de S. Lazare de Jérusalem dont Monsieur Du Hautoy chevalier dudit ordre dirige les poursuites dans les diocèses de Trèves, Metz, Toul. Verdun, Liège, Namur et des autres pays conquis par delà la Sarre et en

Alsace et frontière de Champagne en vertu du pouvoir à luy donné par ledit ordre, le premier aoust 1685. — Cahier in-fol.

504. — Orléanais. — Vidimus donné par l'official de l'archidiaconé de Blois de l'approbation donnée par l'évêque d'Orléans à la donation faite en 1202 par Hecelin de Linais aux religieux de l'ordre de Grandmont dans la forêt de Cléry (*in nemore Clariaci*). — Acte passé à Blois, le 4 janvier 1507 par Jean Arnoul, tabellion et notaire apostolique. — Original sur vélin.

505. — Picardie. 15 pièces et documents sur vélin des xive, xve, xvie et xviie siècles. Une liasse.

L'évêque de Noyon Amaulry d'Orgemont (2 pièces). 1er juillet 1398 et 20 aout 1441. — Reçu donné au sieur de Vigny, recepveur, par sœur Alienor de Licques, humble abbesse de l'église et abbaye de N.-D. du Parc aux Dames-lez-Crespy-en-Valois. 12 août 1587. — Titre concernant les chanoines et communauté de l'église N.-Dame du Chastel de Beauvais. 1620. — Etc., etc.

506. — Picardie. 7 pièces des xive, xve et xvie siècles, originaux sur vélin et un cahier papier.

Localités citées : Hélicourt, Ailly, Sacy-le-Petit, Meux, Amiens, Templeux-la-Fosse, etc.

507. — Picardie. Roles originaux de montres d'armes et reveues de places d'armes de Picardie aux xvie et xviie siècles. 7 pièces in-fol., originaux sur vélin.

Roolle de la monstre et reveue en la grande place de la ville de Chaulny le 29e jour d'aoust 1599. — Roolle de la monstre et reveue faicte en la ville de Compiègne. le 27e jour de may 1639, par Louis de St-Simon, capitaine. — Roolle de la monstre et reveue faicte en la ville de Senlis le 27e jour de may 1589. — Roolle de la monstre et reveue faicte devant Pierrefons le 26e jour d'octobre 1595. — Roolle de la compagnie du sr de Thimecourt, capitaine pour le service du roy en la ville de Senlis. — Roolle de la monstre et reveue faicte en la ville de Senlis le 2e jour de janvier 1594, par Josias de Montmorency. — Roolle des gens de guerre tant de cheval que de pied qui tiennent garnison pour le service du roy en la ville de Senlis, le 26e jour de mai 1583.

508. — Picardie. 2 pièces.

Congé militaire délivré à Claude Baillastre, de Beauvais, au camp de Burik, le 11 may 1759, par le duc de Montmorency, colonel du régiment de Touraine. — Brevet accordé à Edme Venot dit Chagny, en récompense de 24 années de service, par le prince de St-Maurice. ministre de la guerre.

509. — Pièces diverses, la plupart sur vélin, fragments de manuscrits de toutes les époques, extraits de couvertures de livres, fragment d'un obituaire du xvᵉ siècle, etc. Une forte liasse.

510. — Pio (Albert), prince de Carpi, Modenais, savant célèbre, philosophe, théologien. Il disputa avec Erasme. Mort à Paris en 1531.

Fragment autographe, avec de nombreuses corrections. de la lettre écrite à Jean de Rotterdam et à Luther et imprimée à Paris en 1531. 2 gr. pages pleines in-fol. — Autographe rare.

511. — Prélats. 11 lettres autographes signées.

Bernier, évêque d'Orléans, au citoyen Abrial, ministre de la justice, 15 floréal an X. — Louis. évêque de Versailles, au général Lefebvre, premier lieutenant-général du général Bonaparte, 22 floréal, an X. — Mgr Donnet, archev. de Bordeaux. — Etc., etc.

512. — Provence, Languedoc. 14 pièces manuscrites sur vélin, diverses époques.

2 quittances de Jean Simon, chapelain de la chapelle St-Louis de la garnison de la Tour Royale à la tête du pont de Villeneuve-lez-Avignon. octobre et novembre 1428. — Ordre de paiement pour Guillaume Cléret, grenetier du grenier à sel de Cabestain, 1ᵉʳ mai 1424. — Certificat délivré par Etienne de Vest, baron et seigneur de Grimault et de Château-Renard. capitaine du château de Nîmes, délivré à Jehan et Rostaing, de Béziers, frères, gardes et servants de la garnison dudit château de Nîmes, 22 janvier 1499. — Donation faite par Noël Deforge à Guillaume Vassal de tous ses biens situés au terroir de la Caine. Acte passé devant Elzéar Piccarelli, de Barbentanne, notaire royal. 1490. — Quittance de Charles de Abisse, capitaine de galère, de la somme de 325 livres tournois pour « l'estat solde et entretenement des quarante hommes de guerre entretenuz extraordinairement sur ma galère durant l'année 1572. » 10 décembre 1573. — Etc., etc.

513. — Provence et Languedoc. Environ 50 pièces diverses.

Action originale du canal Richelieu en Provence (pièce gravée). — Procès-verbal de la visite de l'évêque de Carcassonne Monseign. Adhémar de Monteil de Grignan, à l'église de St-Rome. 30 novembre 1703. — Etre républicain sans le savoir, conseils d'un ami, par A. D., ex-officier payeur, détenu politique. Cahier ms. autographe, daté du bagne de Toulon, le 1ᵉʳ octobre 1851. — Les Fureurs de l'Amour, tragédie pour rire, cahier ms. — Le Politique moderne, comédie en 3 actes et en vers, par M. J. B. L.. à Montpellier. Cahier in-4. ms. — Génie ou

le sacrifice des oreilles (parodie d'Iphigénie). Cahier in-4, ms. — Etc.
— Diverses liasses de lettres, papiers, etc.

514. — Provins. 2 pièces. Originaux sur vélin.

Acte concernant Guillaume Ameline, grenetier du grenier à sel de
Provins. Melun le jeudi 13 avril 1431. — Acte de notoriété en
faveur de « Raoul Bappausmes, changeur, Giles Petit, hostelain, et
Ythier Billart, demourant audit Provins, » lesquels par témoins sont
déclarés « estre gens notables de bonne vie, bien aisiés et riches en
faculté de biens de mil livres tournois et plus... » 31 juillet 1422.

**515. — Roberti de Tumbalenia abbatis monasterii
S. Vigoris juxta muros urbis Bajocensis, brevis
expositio in Canticum Canticorum. — Fragment
d'un manuscrit du xiie siècle (avec note de l'abbé
Lebeuf). 8 ff. pet. in-4.**

516. — Savants du xviie siècle. 2 pièces.

1º Casaubon (Is.). Billet autographe signé (en latin). — Du Puy
(Jacq.). Lettre autographe signée à Godefroy. 7 janvier 1635. 1 page
in-fol.

517. — Savants, archéologues, historiens. 25 pièces.

Mercier de St-Léger. Lettre autographe signée à Renouard. — Millin
(A.-L.). Belle lettre autogr. signée à Amaury-Duval. Aix, 11 prairial
an XII, 4 pag. pl., pet. in-fol. Il lui parle des découvertes qu'il a faites
à Lyon, de l'arc de triomphe d'Orange, de M. de S.-Vincens. — Char-
don de la Rochette. 2 lettres autogr. signées. — Hase. 8 pièces et lettres autographes. — Autographes et lettres de La Porte du Theil.
Pardessus, Delambre. Libri. Niebuhr.

518. — Savants suédois. 2 pièces.

1º Benzelius (Eric II), archevêque d'Upsal, fondateur de l'Académie
d'Upsal. Belle lettre autographe signée, toute littéraire (en latin).
Upsal, 28 mai 1714, 4 pag. in-4. — Rudolphi (Ch. Asmond). né à
Stockholm, célèbre médecin-naturaliste, professeur à l'Université d'Iéna,
correspondant de l'Académie des Sciences. Belle lettre autographe
signée, en français. *Berlin*, 26 février 1820, 3 pag. in-4. Vifs remer-
ciements à l'illustre Académie pour l'avoir nommé son correspondant.

**519. — Sévigné (Madame de). Constitution au profit
de Simon Le Fèvre, sieur d'Estreilles, par dame
Marie de Rabutin-Chantal, marquise de Sévigné,
le marquis Charles de Sévigné, son fils, et l'abbé
de Colanges, de 400 livres de rente. — Acte original sur parchemin daté du dernier jour de mai
1677, avant midi.**

520. — Touraine. — Jehan Langlois et Jehanne, sa

femme, vendent aux Chartreux du Liget un « demy quart de pré…, séant en la prairie de Pons, joignant aux prez desdiz religieux… » Acte passé à Loches en 1346. — Original en français sur vélin.

521. — Valognes. 3 pièces orig. sur vélin.

> Amendes et exploits de la vicomté de Valognes. 1397. — Noms et surnoms des habitans de la paroisse Ste-Suzanne, sujets et contribuables au monnoyage et fouage dûs au Roi. 1539. — Etc.

OUVRAGES EN NOMBRE DE FEU M. H.-L. BORDIER.

522. — Recueil de textes antérieurs au xvie siècle, relatifs aux coutumes de Paris et de l'Ile-de-France (publ. par H.-L. Bordier). 1re livraison (seule parue). 1845, in-8 de 65 p., br.

> 128 exemplaires.

523. — Des droits de justice et des droits de fief, par H.-L. Bordier. *Paris*, 1846, broch. in-8. (*Bel exemplaire*). — Notice sur Guill. du Brueil, auteur du Style du Parlement, 1330 (par H.-L. Bordier). *Paris*, 1841, broch. in-8. (*17 exemplaires*).

524. — Notice sur la monnaie genevoise au tems des rois Bourguignons de la première race et sur quelques monnaies mérovingiennes, par H. Bordier. *Genève, s. d.*, broch. in-8. (*7 exemplaires*). — Lettre à M. le pasteur L. Rognon sur l'histoire des dogmes chrétiens, par H. Bordier. *S.-Denis, s. d.*, broch. in-8. (*16 exemplaires*). — François de Bonivard, chroniqueur genevois du xvie siècle, par H. Bordier. *Paris, s. d.*, broch. in-8. (*18 exemplaires*).

525. — Du recueil des chartes mérovingiennes formant la prem. partie de la collection des chartes et diplômes relatifs à l'hist. de France, notice suivie de pièces mérovingiennes inédites, par H. Bordier. *Paris*, 1850, in-8 de 64 pag., br.

> 17 exemplaires.

526. — Affaire Libri. Réponse à M. Mérimée, par Lud. Lalanne, H. Bordier, F. Bourquelot. *Paris*, 1852, broch. in-8.

> 20 exemplaires.

527. — La France protestante. Table des noms ou liste des articles qu'elle renferme (par H. Bordier). *Genève*, 1861, in-8 à 2 col., br.

> 5 exemplaires.

528. — Les Inventaires des Archives de l'Empire, réponse à M. le marquis de la Borde, contenant un errata pour ses préfaces et ses inventaires, par H. Bordier. *Paris*, 1867, broch. in-4, à 2 col.

> 180 exemplaires.

529. — Philippe de Remi, sire de Beaumanoir, jurisconsulte et poëte national du Beauvaisis (1246-1296), par H.-L. Bordier. *Paris*, 1869-73, 2 vol. gr. in-8, br.

> 66 Exemplaires complets. — 2° partie, contenant les poésies ; 14 exemplaires.

530. — L'Allemagne aux Tuileries de 1850 à 1870, collection de documents tirés du cabinet de l'empereur, recueillis et analysés par H. Bordier. *Paris*, 1872, gr. in-8, br.

> 5 exemplaires.

531. — Description des peintures et autres ornements contenus dans les manuscrits grecs de la Bibliothèque Nationale, par H. Bordier. *Paris*, 1873-75, in-4, fig. sur bois, br.

> 17 exemplaires.

— Le même ouvrage sur GRAND-PAPIER DE HOLLANDE. In-4, br.

> 8 exemplaires.

532. — La veuve de l'amiral Coligny, rapport sur la vie et les mœurs de Madame l'amirale, née Jacqueline, comtesse d'Entremonts et de Montbel (par H. Bordier). *Paris*, 1875, broch. in-8.

> 5 exemplaires.

533. — Procédures contre les hérétiques sous François Ier. Erratum (par H. Bordier). *Paris*, 1876, broch. in-8. (*9 exemplaires*). — Rectifications à l'errata publié par M. Jal pour tous les dictionnaires historiques (par H. Bordier). Broch. in-8. (*4 exemplaires*).

534. — Félix Bourquelot (de Provins), disciple d'Augustin Thierry et professeur à l'Ecole des Chartes (par H. Bordier). *Paris*, 1876, broch. in-8, avec portr. photographié.

48 exemplaires, plus une quinzaine de portraits en double.

535. — Note sur les affiques (ou agrafes de manteaux de femmes au moyen-âge), par H. Bordier. *Paris*, 1876, broch. in-8, avec fig.

20 exemplaires.

536. — Les Archives hospitalières de Paris, par H. Bordier et L. Briele. 1877, in-8, fig., br.

12 exemplaires.

537. — Bolsec rajeuni et de nouveau réprimé pour ses vieilles calomnies contre Calvin, Genève et la Réformation (par H. Bordier). *Libourne*, 1880, in-12 de 56 pag., br.

8 exemplaires.

538. — L'Ecole historique de Jérôme Bolsec, par H. Bordier, pour servir de supplément à l'article Bolsec de la France Protestante (avec une bibliographie des ouvrages de M. Bordier). *Genève*, 1880, gr. in-8 de 75 pag., br.

162 exemplaires.

539. — Nicolas Castellin de Tournay, réfugié à Genève (1564-1576), auteur du Recueil de gravures historiques connu sous le nom de Perrissin et Tortorel, publié à Genève (par H. Bordier). *Libourne*, 1881, broch. in-12, avec gravure sur bois de l'exécution d'Amboise.

12 exemplaires.

540. — La famille d'Assas et le chevalier d'Assas, par H. Bordier. *Paris*, 1884, broch. in-12.

8 exemplaires.

541. — Douet d'Arcq, chef de la section historique aux Archives nationales (1808-1883), notice biographique et bibliographique, par H. Bordier. *Paris*, 1885, broch. in-8.

6 exemplaires.

542. — Bois gravés ayant servi à l'illustration des peintures et ornements des manuscrits grecs, par H. Bordier. — Environ 174 pièces, grandes et petites, plus 19 clichés en zincographie et en galvanoplastie.

Ces bois, très bien gravés, représentant les plus beaux manuscrits byzantins connus, peuvent être avantageusement utilisés pour une publication sur les Beaux-Arts.

543. — Un volume in-4 de papier blanc de Hollande, relié en maroquin rouge du Levant, à nerfs, doublé de mar. vert, large dentelle à petits fers, avec cartouche doré richement à petits fers et à compartiments, mosaïque de maroquin, tr. dor. (*Reliure de Petit*).

Ce volume, vierge de toute écriture, a été établi par les soins de M. Bordier et devait servir à renfermer des copies et des notices sur les *Emaux de Petitot*.

SUPPLÉMENT

544. — Lot de couvertures de livres, reliures en peau de truie, en maroquin, dont une aux armes et aux chiffres d'Anne d'Autriche.

Ce lot pourra être divisé.

545. — Paraphrase des Pseaumes graduels, par François d'Arbaud, sieur de Porchères. *Paris*, 1633, in-8, front. gravé, vél.

Mouillures.

546. — Paraphrase de l'épistre de S. Paul aux Hébreux, par Ant. Godeau. *Paris*, 1637, pet. in-12,

front., v. j. — Pensées de M. Pascal sur la religion et sur quelques autres sujets. *Paris*, 1670, in-12, v. m. (*Légères piqûres de vers*). — L'Homme de Cour de M. Gracian, traduit par le sieur Amelot de la Houssaie. *Paris*, 1702, in-12, v., fil., coins à petits fers, tr. dor. (*Aux armes*). — Ens. 3 vol.

547. — Livre de prières. — In-8, dérel., tr. dor.

MANUSCRIT DU XVIIe SIÈCLE en lettres imitant l'impression. On y a intercalé 9 GRAVURES DE WIÉRIX, très fines en belles épreuves, représentant diverses scènes de la vie du Christ et sa Passion, ainsi que le portrait de S. Norbert, fondateur des Prémontrés.

548. — L'Office de la Semaine sainte à l'usage de la maison du roy. *Paris*, 1726, in-16, maroq. rouge, dos fleurdelysé, tr. dor.

Aux armes de la reine MARIE LECZINSKA.

549. — Réunion de 44 lettres-circulaires adressées par les sœurs de la Visitation, aux couvents de leur ordre, à l'occasion de la mort de membres de leur Congrégation. (XVIIIe siècle), in-4, dérel.

Collection intéressante.

550. — Mémoires pour M. le maréchal duc de Richelieu, contre Madame la Présidente de Saint-Vincent. *Paris*, 1775, 7 vol. in-12, br., non rog.

551. — L'Histoire prédite et jugée par Nostradamus, traduction et commentaire par H. Torné-Chavigny. *Bordeaux*, 1860, in-4, pl., dem.-rel. chagr. rouge.

552. — Recueuil de Duo sérieux, et à boire, Dessus, et Basse, et à voix égales, tirés des meilleurs auteurs anciens et modernes, par M. — Les Duo à la mode petits, et grands anciens, et nouveaux, qui serviront de suitte au Receüil qui a paru précédemment. *A Amsterdam, chez Michel Charles le Cene, s. d.*, 2 part. en 1 vol. pet. in-fol. oblong, musique gravée, v. m.

553. — La Musique et l'ymagerie du Moyen-Age, par H. Lavoix. *Paris*, 1875, in-8, br.

554. — Etudes historiques sur les cartes à jouer, princ. sur les cartes françaises, où l'on examine quelques opinions publiées en France sur ce sujet, par C. Leber. *Paris, s. d.*, in-8, fig. noires et color., dem.-rel. veau.

> Exemplaire portant la signature de Duchesne aîné. D'après une note du catalogue Taylor, il n'aurait été fait que 3 exemplaires de ce tirage à part des Mémoires de la Société des Antiquaires de France.

555. — Jeux de cartes divers publiés au XVIIe siècle et sous la Restauration.

> Jeux d'armoiries, par Oronce Finé. 35 cartes. — Jeu satirique de la Restauration. 42 cartes. — Jeux divers. 15 cartes.

556. — Oraison funèbre de Madame Marie de Wignerod, duchesse d'Aiguillon, par l'abbé Fléchier. *Paris*, 1675, in-4, vig., couv. pap. — Oraison funèbre de très excellent prince Ferdinand VI et très excellente princesse Marie de Portugal, roi et reine d'Espagne, par Moreau, évèque de Vence. *Paris*, 1760, in-4, vig. — Oraison funèbre de très excellent prince Louis XV, roi de France, par Marie de Beauvais, évèque de Senez. *Paris*, 1774, in-12, couv. pap. — Ens. 3 broch.

557. — Balth. de Vias Massiliensis Charitum libri tres. *Parisiis*, 1660, in-fol., fr. gravé par Cl. Mellan, mar. r. à grain long, fil., dent. int., tr. dor.

> Bel exemplaire. Sur la garde se trouve collé un envoi autographe de l'auteur au marquis de Grimaldi.

558. — V. Sardou. Daniel Rochat, comédie. *Paris*, 1880, in-8, br. — J. Aicard. Smilis, drame en quatre actes. *Paris*, 1884, in-8, br. — Paul Alexis. Celle qu'on n'épouse pas, comédie en un acte. *Paris*, 1879, in-12, br. — Ens. 3 vol.

559. — Jérôme Paturot à la recherche d'une position sociale, par Louis Reybaud, édition illustrée par J.-J. Grandville. *Paris*, 1846, gr. in-8, dem.-rel. chag. marron. (*Couverture conservée*).

> Premier tirage. — Forte mouillure dans le bas du volume.

560. — Voyage où il vous plaira, par A. de Musset

et P.-J. Stahl, vignettes par T. Johannot. *Paris,* 1852, in-4, en feuilles. — Al. Dumas fils. Affaire Clémenceau, mémoire de l'accusé. *Paris, Lévy,* 1866, in-8, cart. toile Bradel, couv. cons. — Ens. 2 vol.

561. — La Bête humaine, par Emile Zola. *Paris, Charpentier,* 1890, in-12, br.

> Edition originale. — N° 5 du tirage à 30 exemplaires sur papier du Japon.

562. — Les nouvelles œuvres de M. Le Pays. *Paris,* 1672, 2 vol. in-12, v. j. — Mémoires du chevalier de ***, par le marquis d'Argens. *Londres,* 1745, in-18, v. m. — Lysimachus, tragédie, par de Caux de Montlebert. *Paris,* 1738. — Caliste, tragédie, par Colardeau. *Paris,* 1761. — Iphigénie en Tauride, par Gusman de la Touche. *Avignon,* 1759. — 3 pièces en 1 vol. in-8, v. m. — Ens. 4 vol.

563. — Voyage de Syrie et du Mont-Liban, par M. de La Roque. *Paris,* 1722, 2 vol. in-12, v. j., dent.

564. — Pièces révolutionnaires. *Paris, an III-an VII,* 8 broch. in-8.

> Tableau de concordance des calendriers républicain et grégorien. — Gare nos têtes. — L'ombre de Robespierre aux François. — L'Ecole des honnêtes gens. — Chassez-moi les Jacobins, par Luc. Bonaparte. — Gare le mord-aux-dents. — La Confession des Jacobins. — Le Livre du républicain.

565. — Mediceæ Familiæ rerum feliciter gestarum victoriæ et triumphi elegantis iconibus a Joh. Stradano Flandro artific. penicillo delineatá, à Philippo Galleo incisa in æs et edita. *S. l.,* 1583, in-4, vél.

> Suite de 21 planches, y compris le titre, en bonnes épreuves. — Ce recueil gravé des gestes de la famille des Médicis est suivi d'un autre recueil de 12 planches gravées à l'eau-forte par Hogenbergh à Cologne en 1583, 1584, représentant des événements des guerres de religion en Allemagne, principalement sur les bords du Rhin. Ces gravures sont coloriées du temps. On y a joint une estampe du xvi° siècle en double grandeur, intitulée : *Colignei fratres,* et donnant les portraits en pied des trois frères Coligny, pièce remarquable et très belle d'épreuve, qui est l'œuvre de *Marc Duval.*

566. — Almanach royal, année 1753. *Paris*, 1753, in-8, mar. rouge, fil., dos fleurdelysé, tr. dor. (*Rel. ancienne*).

567. — Journal historique de Pierre de Jarrige, viguier de la ville de St-Yrieix (1560-1578), continué par Pardoux de Jarrige, son fils (1574-1591), publ. par H.-B. de Montégut. *Angoulême*, 1868, in-8, br.

568. — De la collection de l'Histoire générale de Paris. *Paris*, 1866-83, 9 vol. in-4, avec pl., cart., non rognés.

> Topographie historique du vieux Paris, par A. Berty, région du Louvre. 2 vol. — Le Cabinet des Manuscrits de la Bibliothèque Impériale, par L. Delisle. Tomes I et II. — Paris et ses historiens aux xive et xve siècles, par Le Roux de Lincy et Tisserand. 1 vol. — Les anciennes bibliothèques de Paris, par Alfr. Franklin. Tomes I et III. — Registres des délibérations du bureau de la ville de Paris, publ. par F Bonnardot. Tome Ier. — Armoiries de la ville de Paris, par le comte de Coetlogon et Tisserand. Tome II.

569. — Le Protestantisme en Normandie dep. la Révocation de l'Edit de Nantes jusqu'à la fin du xviiie siècle (1685-1797). par F. Waddington. *Rouen*. 1862, in-8, br.

> Avec une table manuscrite de tous les noms, dressée par M. Bordier.

570. — Episcopatus Constantiensis Alemanicus sub metropoli Moguntina a P. Trudperto Neugart. *Typis S. Blasii*, 1803, in-4, cart. — La tour de Constance et ses prisonniers, liste générale et documents inédits par Ch. Sagnier. *Paris*, 1880, in-8, br. — Ens. 2 vol.

571. — L'Allemagne aux Tuileries de 1850 à 1870, collection de documents tirés du cabinet de l'empereur, recueillis et annotés par H. Bordier. *Paris*, 1872, gr. in-8, br.

> Exemplaire en GRAND-PAPIER DE HOLLANDE.

572. — Dictionnaire des noms, surnoms et pseudonymes latins de l'histoire littéraire du Moyen-Age (1100 à 1530), par Alfr. Franklin. *Paris*, 1875, gr. in-8, br.

> Envoi d'auteur à M. Bordier.

573. — Table des noms contenus dans la France protestante de MM. Haag. *Paris*, 1861. — Table générale des matières de la France protestante. *Paris*, 1865. — En 1 vol. in-8 à 2 col., dem.-rel., v. fauve.

Exemplaire en partie interfolié, avec notes et additions manuscrites de M. Bordier.

574. — Copie des extraits faits par le greffier Dongois, mort en 1717, des Registres criminels du Parlement de Paris en ce qui se rapporte aux Protestants (1534-1584). In-4, dem.-rel., vél. bl.

Copie moderne, faite par les soins de M. H.-L. Bordier.

575. — Table des noms consignés comme parties dans les actes des notaires de Genève au XVIIIe siècle, rédigée par M. Louis Dufour-Vernes. 1877, pet. in-fol., dem.-rel., mar. orange, avec coins en mar. r., tr. dor.

Manuscrit très soigné, d'une belle écriture, très lisible.

TABLE DES DIVISIONS

HISTOIRE

DOLE. — TYP. CH. BLIND.

CONDITIONS DE LA VENTE

Le libraire-expert se réserve la faculté de diviser ou de réunir les articles décrits au Catalogue, selon qu'il le jugera utile dans l'intérêt de la vente.

Les commissions des personnes qui ne pourraient assister à la vente seront remplies par la LIBRAIRIE A. CLAUDIN.

Il y aura exposition chaque jour de **2 heures 1/2 à 5 heures de l'après-midi** dans le local de la vente des articles catalogués devant être vendus à la vacation du soir.

L'exposition mettant chacun à même d'examiner et de vérifier ce que l'on désire acheter, *une fois l'adjudication prononcée*, les livres ne seront repris que dans le cas où ils seraient *incomplets*.

Toute réclamation de ce chef devra être faite dans les 24 heures de l'adjudication. Passé ce délai, elle ne serait plus admise.

Les livres vendus par groupes ou en lots ne sont pas admis à rapport pour quelque cause que ce puisse être.

Les acquéreurs paieront, suivant l'usage, 5 % en sus des enchères.

ORDRE DES VACATIONS

Première Vacation : Lundi 20 juin.

Nos 1 à 16.

17 à 47.

48 à 190.

Deuxième Vacation : Mardi 21 juin.

Nos 191 à 391.

Troisième Vacation : Mercredi 22 juin.

Nos 392 à la fin.

Livres non catalogués.

www.ingramcontent.com/pod-product-compliance
Ingram Content Group UK Ltd.
Pitfield, Milton Keynes, MK11 3LW, UK
UKHW031839170726
13836UKWH00004B/1779